환승하세요.
　　자기 자신으로 ＂

　　　2023. 여름. 한정연

환승
인간

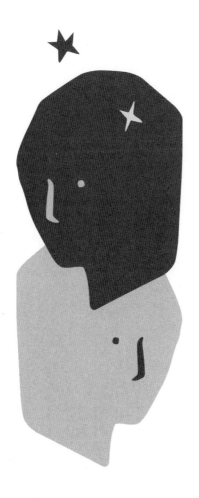

환승 인간

한정현 산문

작가
정신

# 차례

3부  환승 신호: 오래 살아서 더 자주 환승해야지

4부  환승 구간: 이제 나를 알아보겠어요?

5부 통행증: 행복한 우리들의 붕괴의 시간

프롤로그

그것이 나의 문제라고들 한다.

로베르토 볼라뇨의 소설 『부적』(열린책들)에는
한 여성 시인이 등장한다. 그 여성 시인은 일주
일 동안 대학의 화장실에서 숨어 지낸 과거를 가
지고 있다. 숨었다……라는 건 사실 맞지 않는다.
그냥 그렇게 되었다. 그저 낯선 나라의 가장 큰 도
시에 놀러왔다가, 그곳의 대학교를 구경 왔다가,
그 나라엔 독재정권이 오래전부터 사람들과 학생

들을 죽여 왔고, 그것에 반대하는 사람들의 정당한 시위를 저지하는 폭력에 휩쓸려…… 역사에 휩쓸려, 죽음에 휩쓸려 화장실로 몰려 들어간 그녀.

일주일 동안 한 인간이 화장실에 쪼그리고 앉아 생존한다는 건 어떤 것일까. 그런데 이 책을 읽는 당신은 그런 걸 상상한 적이 있는가? 그런 걸 상상이나 해야 한다고 느낀 적이나 있는지. 이 책을 읽던 나는 나 자신에게 가장 먼저 그것을 물었다. 아니오, 전혀요. 화장실이란 가장 은밀하고 가장 내밀하고 또 누구와도 공유하지 않는 어떤 장소. 그곳은 대부분의 경우 밀폐되어 있으며, 가장 편안함을 요구하지만 또 긴장감이 흐르기도 하는 곳. 몸 안의 노폐물을 내보내는 장소이기에 그 장소는 필연적으로 나의 가장 보여주기 싫은 무언가를 마주하게 되기도 하는 곳. 그런 이유로 인간은, 그러니까 인간을 인간으로 보기 시작한 이후부터 우리는 그곳을 분리했던 것이 아닐까. 그런데 그곳과 분리되지 못한 채, 누군가의 배설물과 자신의 배설물과 분리되지 못한 채 한 인간은 그곳에서 일주일을 버티며 지내야 한다는 것은 대체 무슨 의미일까. 도망치기 위해 문을 열면 진압대가 그녀를 강간하거나 살해할 가능성이 높다는 건 이미 지나간 시간으로부터 증명이 된 일이다. 그러니 그녀에게 선택권이 없다. 그녀는 도망치거나 자살하거나 분노와 공포에 협력하지도 대항하지도 않고 그저 치마를 걷어 올리고 쪼그리고 앉아 시를 외운다. 그리고…… 그녀는 미친다.

그러니 이 모든 것은 얼마나 무용한 일인가. 총을 든 시위대가 문밖에 있는 그곳에서, 배설물 사이에서 시를 외운다는 것이. 그럴 시간에 그녀는 밧줄이 될 만한 어떤 것을 찾아 허리에 둘러 묶어 탈출을 시도하거나 대걸레를 무기 삼아 화장실 문을 열어젖히는 편이 낫지 않았을까. 그러나 고작 그녀가 한 일이란 시를 읊는 것이었다.

그렇게 미친 그녀가 이렇게 말한다.

자신은 아무것도 잊지 못한다고, 그것이 자신

의 문제라고들, 사람들이 그렇게 말한다고.

하지만요, 그거 아세요? 모든 피해 사실이 오히려 자신의 문제로 귀결되는 것 또한 피해자의 증상 중 하나예요, 나는 이제 이렇게 말할 수 있는 사람이 되었다. 하지만 이 책을 처음 읽은 날, 나는 그저 겨우, "그래, 이게. 이게 바로 내가 하고 싶었던 말이구나"라는 생각을 하게 되었던 것 같다. 아무것도 잊지 못했으므로 오히려 아무 말도 하기 힘들어서 사건의 다큐멘터리적 증언 대신 시를 읊게 된 사람. 그러니까…… 누군가가 보기엔 그녀가 '아무것도 하지 않고' 시나 읊은 것처럼 보이겠지만…… 그녀가 시 '씩이나' 읊은 것처럼, 그렇기에 나는 소설이어야만 했던 것이구나, 하는 생각도 말이다. 몇십 년 전, 지구 반대편의 역사적 사실을 바탕으로 쓰여진 책 속의 그녀는 어느 날 갑자기 사랑하는 사람을 잃고 산 채로 죽음에 가까워진 내 주변 사람들 같았고, 또 마치 나 같았다. 모든 것을 잊지 못해 미쳐버렸지만 또,

'유머를 잃지 않아서 미치지 않았다고' 생각했던 그녀처럼 내가 아는 어떤 사람들은 대부분의 경우 많이 웃었고, 또 그만큼 자주 울었으며 어느 날엔 누군가를 잊지 못해 괴로워했고 또 어느 날엔 그를 너무 많이 잊어버렸다며 죄책감에 고개를 들지 못했다. 하지만 시를 외우며 끝까지 살아낸 소설 속 그녀처럼 내 주변의 사람들 또한 각자의 방식으로 살아냈고 자주 행복한 기억을 많이 품었다고 말하며 삶을 마무리했다.

그 책을 처음 읽은 2010년 여름으로부터 시간이 흐를수록 나는 그 소설 속 그녀에 대해 더 자주 떠올린다. 그 기억은 '문학이 무엇을 할 수 있을까'라는 질문을 받을 때 혹은 나 스스로 문학이 내게 어떤 의미를 가져다주었을지를 떠올릴 때 망설임 없이 앞서 나오는 것이기도 하다. 사실 소설 속에서조차 문학이 그녀를 구원했는지 하지 않았는지는 잘 모르겠다. 다만…… 적어도 그녀가 문학의 곁에서, 안에서, 그 바깥에서 조금은 안전했다고 생각한다. 나 또한 마찬가지다. 저 버리지 못한 많은 것들을 나는 소설이라는 세계 속에 잘 숨겨서 보관했고, 이미 세상에선 사라져 버린 것들을 나는 소설 속 세계 안에서 살려냈다. 그 세계를 보면서 나는 자주 안전한 기분을 느낀다. 그리고 그것이 가능할지는 잘 모르겠지만 이번 글쓰기에서 나는 나를 숨겨준 그 안전함에 대해 조금 이야기해 보려고 한다.

에세이 원고를 다 넘긴 날이었다. 그날은 오랜만에 원고 작업을 하지 않아도 되는 날이어서 나는 광화문에 나가서 할 일 없이 배회하기로 결정했다. 배회. 나는 이를 정말 좋아한다. 산책까지는 아니고 진짜 배회를 좋아하는 편인데 이게 장소마다 사람이 달라 보이기 때문에 그날그날 기분에 따라 배회 장소를 정해야 한다. 그날은 좀 분주한 사람들 사이에 있고 싶었다. 분주한 사람들 절반, 관광객 절반의 그런 장소. 광화문이었다. 해가 좀 밝은 날이기도 하고 그래서 낮부터 움직이느라 버스를 탔는데 하필 그때 전화가 왔다. 건너편 사람이 무슨 말을 할지 모르기 때문에 전화에 좀 거부감이 있기도 하고, 일 관련 연락은 사실 잊는 일이 없도록 기록으로 남길 수 있는 메일을 선호하는 편이기도 해서 전화를 받는 일이 별로 없다. 받을까 말까 했는데 좀 끈질기게 울렸고 나는 빠르게 양해를 구하고 끊기 위해 전화를 받았다.

'안녕하세요, 고객님'으로 시작되는 전화. 마음속에서 한편으로는 다행이란 생각을 한 것 같다. 이런 전화는 말을 안 해도 된다는 생각도 있었던 모양이고, 또 그냥 끊어버려도 상대가 서운해하지 않겠지, 라는 마음도 있던 것 같다. 별말 없이 잠깐 침묵하다, 나는 죄송하지만 전화를 끊겠다고 말하곤 핸드폰을 막 귀에서 떼려고 할 때였다.

"그냥, 그냥 좀 들어주시면 안 돼요?"

누군가 이걸 촬영한다고 하면 아무래도 정지 버튼이 있을 것이고, 그랬다면 나는 아마도 정지

16

버튼이 눌린 화면처럼 그 말에 잠시 모든 걸 멈추었던 것 같다. 귀에 다시 핸드폰을 가져다댔을 때 건너편의 사람은 그런 말을 해왔다.

"지금까지 얼마나 많은 직업을 바꾸며 제가 일했는지, 고객님은 아세요? 그냥 잠시라도 듣고 그렇게 끊으시면 안 되는 거였어요?"

왜 그랬을까, 그 순간 나도 답했다. "네, 그럴게요." 아주 짧은 순간, 그녀는 내게 이런저런 이야기를 몇 마디 더 해주었다. 이야기를 들으면서 나는 '이 내용이 전부 녹음될 텐데, 괜찮은 걸까' 하는 생각을 했다. 지금껏 많은 직업을 거쳐왔다던 그녀가 또 다른 직업으로 건너가야 함을 직감해서였을까. 나는 조금 마음이 무거웠던 것 같다. 나 또한 그녀처럼 살기 위해 너무 많은 직업으로, 너무 많은 나 자신으로 바뀌고 건너고 환승했던 것이다. 잠시간의 이야기 끝에 그녀는 마지막엔 이렇게 말했다.

"감사합니다, 고객님. 행복한 하루 되십시오."

나도 답했다.

"감사합니다."

그런데 정말 감사했다. 나는 '이런' 전화의 건너편엔 사람이 없다고 생각했을지도 모른다. 세상에 당연히 무시해도 되는 전화라든가(범죄가 연관되는 것 빼고) 그런 것은 없을 텐데, 나는 너무나 쉽게 이런 전화는 다짜고짜 끊을게요, 라든가 신경질을 머금은 종료 버튼을 눌러버려도 된다고 생각했던 것 같다. 무수한 직업을 거쳐서 지금의 자리에 앉게 되었다는 그 사람의 못 견딤에는 아마도 불안정한 고용 환경이나 사회구조적 문제가 분명 있었을 것이다. 의지가 약해서도, 나태해서도, 노력을 덜해서도, 인내심이 없어서도 절대 아닐 것이다. 나는 그것을 안다. 안정되지 못한 환경의 사람은 더 자주 직업을 바꿀 수밖에 없고, 이름을 바꿀 수밖에 없고 일상이라는 것이 없을 만큼 자주 삶을 바꿀 수밖에 없다.

환승하는 삶.

환승할 수밖에 없는 삶.

좋아하는 것에서 좋아하는 것으로 환승할 수도

있지만, 사실은 좋아해야만 하는 것을 만들고 좋아하게 만들어야 살아지는 삶도 있다. 마음과 사랑이라는 것을 손쉽게 쓰지만 사실 요즘은 그런 것마저 만들어내야만 견딜 수 있는 삶도 많다고 느낀다. 그런 삶은 환승의 수가 빈번하게 높다. 그리고 나 또한 그런 무수한 환승을 경험하면서도 순간 나 자신의 바깥에 놓인 삶에는 또 한 번 무감했던 것 같다. 나는 그날의 그분에게 정말 감사하다.

그분은 나를 사람으로 만들어줬다. 건너편에 사람이 있고, 존재가 있어서 그 존재에 대한 예의와 배려를 갖추는 것이 진정한 인간이라면, 나는 순간 인간이 아니었고 그분 덕분에 겨우 인간이 되었다. 그러니 그날 감사했고 행복한 하루를 기원해야 하는 사람이라면 그건 나였다. 그분이 이 책을 볼 수 없을지도 모른다.

하지만 말해야겠다. 정말 감사했다고. 그리고 그분도, 나도 이 다음 환승은 부디 자기 자신에게로이길 바라본다고.

1부

환승 인간
: 이름이 많을수록 숨 쉬기 좋다

## 선녀는 왜

코로나로 국경이 닫혔던 삼 년의 시간이 흐르고, 나는 올해 2월, 삼 년 만에 다시 도쿄에 갔다. 연구 지원금을 드디어 제대로 쓰게 된 것이기도 하지만 사실은…… 뭐랄까, 공간과 장소가 정말 다른 의미라면, 이제 도쿄는 내게 공간이지, 장소가 아니기 때문에 도쿄에 있는 내가 좋아하는 사람들과 내 추억과 인사하고 싶다는 마음도 컸기 때문이다. 막상 도쿄에 가자마자 난생처음으로 평일 밤 나리타에서 도쿄로 들어가는 버스표가 매진이라는 충격적인 일로 첫날 약속을 어기게 된 것부터 시작해서 정말 난감한 일이 여럿 있었으나 그래도 역시나 내게 도쿄는 도쿄였다. 여름 날 내게 차가운 물을 아무 이유 없이 쥐어주며 괜찮냐고, 차가운 물을 조금 더 마시겠냐며 물어왔던 그런 도쿄 말이다. 삼 년 만에 뵌 선생님과 나누었던, 일왕 일족이 살던 집을 개조해 만들었다는 레스토랑에 얽힌 이야기부터 일본이 군함도 강제 노역을 부인할 수밖에 없는 정치적 구조를 가진 것에 대한 이야기를 들었던 것이라든가, 삼중 국적자인 친구 솔메가 도쿄의 집에서 오래 살면 살수록 느끼는 일본인들의 의도적 나서지 않음에 대해 들었던 것이나, 가려던 카페가 모조리 문을 닫아 롯폰기에서부터 아카사카까지 무작정 걷다가 뜬금없이 호주발 카페에 들어갔던 것이라든가, 홋카이도에서 온 선생님께 들은 눈의 무게에 관한 이야기라든가……. 그리고 그 많은 이야기를 들은 일정의 마지막 날 숙소로 돌아오던 내 어깨 위로 내려앉던 기적 같던 2월 말 도쿄의 눈송이라든가. 역시나 눈의 요정은 여전히 나를 따라다니는 걸까, 생각하며 문득 최근에 아무 이유 없이 구미가 당겨 읽은 『선녀와 나무꾼』이 떠올랐다. 정확히는 내가 그 이야기를 읽으며 정리하지 못한 하나의 질문에 대해서. 그러니까…… 그러니까 대체 선녀는 왜 삼 년을 그러고 있었을까.

내가 기억하는 어릴 적 선녀와 나무꾼과는 달리 원전이라 불리는 이야기에서 선녀는 아주 당차고 똑 부러진 존재였다(나도 모르게 사람이라고 쓸 뻔했는데 선'녀'니까 사람일까). 그리고 역시나 내가 기억하는 것보다 나무꾼은 완벽에 가까운 스토커 범죄자 그 자체였다. 어릴 적부터 찝찝하던 옥황상제에 대해서도 나름 판단을 내릴 수 있었는데 가스라이터였다. 그러니까 나무꾼을 따라간 네 잘못이지, 이런 말들은 너무나 흔하게

봐왔던 거라 이 이야기가 쓰인 시기부터 이러했다는 게 가슴을 옥죄는 기분을 만들어주는 듯했다. 그렇게 가슴이 쓰리거나 분노하거나 이래저래 모든 캐릭터들을 대충 알 것만 같았는데 마지막까지 선녀의 마음에 대해서는 확실한 답을 내리지 못했다. 그 말은 선녀가 나무꾼에게 납치된 그 세월이 좋았다거나 이런 걸 느껴서가 전혀 아니다. 오히려 반대다. 선녀는 분명 무언가 잘못되었다는 걸 알고 있었다. 그런데 왜 참은 걸까. 어떤 마음으로 일정 시간을 자신의 삶을 잘못되게 만든 나무꾼 옆에 붙어 있었던 걸까. 물론 솔직하다는 것은 일종의 권력이므로, 나무꾼에게 더 무슨 일을 당할지 모르는 상황에서 선녀가 자신의 마음을 모조리 드러내는 것은 애당초 불가능한 일이다. 하지만 계급 사회였던 당시를 생각해보면 분명 표면적 계급은 선녀가 우위였다. 그런데 선녀는 하늘로 다시 올라갈 때까지 자신의 본심을 밝히지 않는다. 대체 왜, 어떤 마음으로. 나는 내내 그것이 궁금했고 풀리지 않는 마음으로 염두에 두었다.

그런데 도쿄의 눈송이를 바라보며 나는 그것이 비로소 복수심이 아닐까 하는 생각에 도달했다. 자신을 숨기는 마음, 자신을 드러내지 않고 자신의 이야기를 들을 준비가 된 사람들에게만 입을 여는 태도. 생각해보면 선녀는 끝내 나무꾼에게 자신의 이야기를, 자신의 내면을 말하지 않았다. 그 차갑게 끓는 복수심에 대해 생각하면 할수록 무섭고도 서글펐다. 그리고 아마도 난……

여태 선녀의 마음이었을 것이다. 나무꾼이 특정 존재라기보다는 내게는 소중한 사람을 빼앗아 간 국가나 사회 같았을지도 모른다. 그런 상대에게 진심을 말하지 않고 적당한 얼굴로 살아가기. 이상한 사람으로 낙인찍혀 괴롭힘을 당하지 않으려면 적당한 사람이 되어야 한다고 늘 생각했다. 들어줄 사람이 나타날 때까지 진심은 적당한 얼굴 뒤에 묻어둬야 한다고 느꼈다. 나는 선녀보다 운이 조금 좋아 말 대신 글이라는 수단을 얻은 것 같다. 소설이라는 방식을 얻어 하늘로 올라가는 대신 한국에 남아 글을 쓰게 된 것 같다. 다행히 옥황상제 따위 만나지 않게 되어 행운이 두 배가 된 기분이긴 한데, 애당초 마음이 그래서인지 내 초기 소설에는 어떤 들끓는 것들이 남아 있다. 『마고』(현대문학)의 작가의 말에도 썼는데 『마고』 이전의 소설들에서는 그 슬픔들을 어쩌지 못해 글을 썼었다. 지금도 그 복수심을 전부 버렸다고 할 수는 없을 것 같다. 물론, 그래서 나는 소설을 쓰겠지만…….

## 슬프게 된
## 안 슬픈 인간

거창한 듯 시작한 이야기지만 사실 나는 슬프거나 분노하고(만) 있는 인간이 전혀 아니다. 평소의 나에 대해서, 라면 나는 단언하건대 우는 일보다 웃는 일이 훨씬 많은 사람이다. 물론 예능 프로그램을 본다거나, 술을 마시거나, (인터넷이 아닌 오프라인) 쇼핑을 한다거나, 관광지를 다니며 쓰는 에너지는 확실히 적은 사람일지도 모르겠다. 그때는 스스로에게든 주위에게든 웃음이 좀 각박한 사람으로 보이겠지만, 일상의 전반적인 에너지는 꽤 높은 편이다.

소설을 쓰는 일 외에는 소논문을 쓰(려고 더욱 노력하)며 이런저런 연구를 지지부진하게나마 이어가고 있고, 학교에서든 외부에서든 강의를 꾸준히 하고 있다. 요 몇 년 동안은 감사하게도 많은 제안을 받아서 마치 공무원처럼 글 쓰는 일을 할 수 있었다. 일 중독자인 내 입장에서는 몹시 감사한 일들이었다. 벌써 이십여 년 가까이 날마다 하는 운동도 계속할 수 있는 체력도 좀 남아 있고, 코로나와 시작된 요리는 더욱 재미를 붙여가고 있다. 그런가 하면 최근에는 신생아를 돌보는 봉사 활동을 하고 있다. 아이들에 대해선 여러모로 조심스러운 부분이라 자세히 말할 순 없지만 한 가지 확실한 건 내가 했던 어떤 일보다 나에게 에너지를 가져다주는 일이라는 거였다.

이렇게 여러모로 에너지가 넘치는 사람이 나인

데, 앞선 글에서도 느꼈겠지만…… 기이하게도 책에 대한 이야기를 하면, 영화를 보는 나의 시선에 대해 말하다 보면 내가 약간의 비장미를 간직한 슬픈 인간이라고 느끼게 된다. 데버라 리비의 말처럼 정말 작가란 원래 그런 걸까. 슬프고 우아하고 진지하며 분노하고 서슬 퍼런. 그렇다면 이것도 참 신기한 일이다. 선녀의 마음으로 쓰다 보니 역시나 일상에서의 나보다 사실 소설을 쓸 때의 내가 가장 솔직하다. 너무 솔직해서 나 스스로 '이렇게까지 해도 되나' 싶을 때도 있다. 남들은 잘 모르니까 어떤 포인트에서 내가 그런 생각을 하는지 모를 텐데 아무래도 그 점이 나를 굉장히 편안하게 해주면서도 반면 굉장히 슬프게도 만드는 것 같다. 무언가를 숨길 때 부끄러움이라는 것도 있겠지만, 나이가 들어가면서 소중하게 지켜야 하는 것일수록 많은 걸 숨기게 되는 경향도 있는 듯하다. 그러니 그 소중한 것에 자연스레 슬픔이 고일 수밖에……. 혹은 타인에 의해 강제로 숨겨지게 된 것도 마찬가지다. 그 분노와 슬픔은 말할 수 없는 고통을 담고 있을 것이다. 그런데 나는 에세이를 쓰면서 솔직하기는 포기했다. 일기를 쓰면 선생님이 칭찬해준다는 걸 알게 된 여덟 살무렵부터 나는 일기도 꾸며 쓰는 사람이었다. 일기장에 내가 겪은 일을 그대로 쓰면 항상 문제가 생겼다. 선생님은 내가 우울증에 걸린 아이일까봐 두려워하며 부모님께 말하곤 했으니까. 적당히 기쁜 어린아이의 일기 속에서 나는 슬픈 아이가 아니었고 에세이를 쓰는 지금의 나 또한 그다지 슬픈 인간이 아닐 것이다. 이 이야기를 하는 이유는…… 내 진심은 모두 소설에 바닥까지 내보이며 쓰고 있으니 이 에세이를 읽으며 내가 온전히 솔직하지 못해도 어느 정도는 이해해주길 바란다는 말을 하려고 한다. 소설에서 이미 나는 너무 많이 솔직하고 너무 많이 슬펐기 때문에, 그리고 이미 많은 진심을 보였기 때문에.

부피가 축소되어야

나를 해치지 않을 수 있다



2023년이 시작되자마자 나는 새해를 맞이해서 국립현대미술관에 전시를 보러 갔다. 이 말은 조금 과장된 것 같다. 사실 새해와 미술관에 간 건 큰 연관이 없었고, 미술관을 시시때때로 가는 인간이 바로 나였다. 그냥 1월에 시간이 좀 생겼을 뿐이지만 새해에 무언가를 한다는 사실은 언제나 조금 설레는 일이라는 생각에 이렇게 말하고 다녔던 것 같다. 일종의 합리화지만 나는 나를 행복하게 하는 데는 그 어떤 방법도 아끼지 않는 사람이다. 그런데 다행히도 다들 나처럼 행복에 인색하지 않은 사람들이 많았던 건지 미술관엔 엄청난 인파가 있었다. 내가 보편성을 획득한 것까지는 나쁘지 않았는데 문제는 내가 인파를 무서워한다는 점이다. 나는 사람들을 싫어하지 않는다. 조금 무서워할 뿐이다. 아니, 더 자세히 말하면 사람들 속에 있는 내가 제일 무섭다. 나와 부딪히기를 원치 않은 사람에게 옷깃을 스치게 되는 것, 내 가방이 타인의 가방을 밀치게 되는 것, 결국 그렇게 누군가를 신경 쓰이게 하고 누군가의 눈에 띄게 되는 것. 이 모든 것이 나를 긴장하게 만든다. 몸을 잔뜩 웅크리고 가방을 껴안은 채 최대한 부피를 작게 만들어 사람들 속에 있다가 집으로 들어가면 온몸과 마음이 피로하다는 걸 느끼게 된다(이주란의 『한 사람을 위한 마음』(문학동네)이라는 소설에서 보면 자연인이 나오는 프로

그램만 주구장창 보는 고모가 등장하는데 솔직히
나는 그 마음을 너무나 알 것 같아서 눈물이 날 것
같았다). 집으로 돌아와 원래 부피대로 돌아온 나
자신도 조금 어색하다. 그러니까 아무래도 사람
이 많으면 거리감이 줄어서 생각하지 않아도 될
일을 자주 신경 쓰게 되는 것 같다. 그날도 마찬
가지였다. 엄청난 인파 속에서 나는 대뇌가 보내
오는 부피 축소 요청을 감지했다. 재빠르게 미술
관 내에 있는 영화관 쪽으로 발걸음을 옮겼다. 당
연한 말이지만 영화관에 영화가 상영되지 않으면
사람이 없다. 게다가 그곳은 벤치에 햇빛도 넉넉
하게 든다. 그렇게 빛을 따라가던 나는 웬일인지
관람객이 한 명도 없는 전시실 앞에 멈춰 섰다. 그
곳엔 눈을 감고 누워 있는 머리가 하나 있었는데,
솔직히 나는 그 머리의 눈빛보다 왠지 그 머리의
뒤편이 궁금했다. 내가 좋아하는 것 중에 하나
가 뒤쪽이다. 사람의 뒷모습, 옷의 뒤태, 작품의
뒷면…… 거기엔 나만 볼 수 있는 무언가가 숨어

있을 거란 생각이 든다. 어릴 때부터 그랬다. 누군가의 정면보다는 옆면, 옆면 옆의 옆면. 이런 것들이 나를 설레게 만들었다. 앞면은 그럴싸하게 꾸밀 수 있지만 뒷면은 그러기가 쉽지 않다. 안타깝게도 상황이 여의치 않은 사람일수록 그런 허술함이 더 드러나지만…… 그 허술함을 사랑하는 나는 자연스레 스치듯 얼굴을 지나 뒤통수로 접근했다. 그곳에서 나는 경고문 하나를 발견할 수 있었다.

코로나19 확산으로 인해 한 시간당 여섯 명으로 입장을 제한합니다.

누워 있던 머리의 뒷면이 열려 있었던 것이다. 그리고 그곳으로 인간이 들어가게 해두었는데 무려 뇌 속에 들어갈 수 있는 인간의 수가 제한적이었다는 점이다. 그날 에너지가 소진되어 사진을 찍을 힘이 없었는데 나는 그 순간 핸드폰 카메라를 켤 수밖에 없었다. 인간의 뇌에 각각의 인간들이 들어갈 수 있는 거였다니……. 그런데 한 번에 인간의 뇌에 들어갈 수 있는 인간들의 용량이 고작 여섯이었다니……. (난 가끔 천 명도 넘는 사람을 이고 사는 것 같은데, 그건 내 기분 탓인가?) 문득 그런 생각이 들었다. 역시 너무 많은 인간들이 들이닥치면 뇌가 용량 초과를 맞이하게 되고, 그래서 어쩔 수 없이 저런 경고문과 함께 출입 제한 딱지가 붙은 셔터를 내리고야 마는 거로구나. 내가 인파를 두려워하는 것도, 또 사람들이 가끔 이겨낼 수 없는 사람들에 대한 기억을 아예 잊은 척하는 것도 어쩌면 용량 초과 때문일지도 모른다. 서로의 기억에 감염되지 말라는 배려일지도 모른다. 나는 잠자코 내 차례를 기다렸다가 뇌 속으로 입장했고 그곳에서 다른 인간들과 함께 각자의 핸드폰을 들여다보며 서로의 할 일을 해냈다.

## 부피 축소 인물은
## 사실 부피가 크다

　이건 순전히 나의 생각이긴 하지만, 인간은 전부 부피를 어느 정도 축소시킬 필요가 있다. 부피가 제대로 축소되지 않으면 과잉이 찾아오는데, 이것이 사라져야 비로소 온전히 자기 자신이 남는다고 생각한다. 이런 생각은 최근에 미야자키 하야오 감독의 작품 전편을 다시 보며 더 구체화되었다. 한동안 예술적 근엄함에 심취해 미야자

키 하야오의 작품을 좀 멀리했는데 넷플릭스에서
〈센과 치히로의 행방불명〉과 〈하울의 움직이는
성〉, 〈천공의 성 라퓨타〉 등을 다시 보며 행복감
에 마음이 크게 부풀어 오르는 감정을 느꼈다.

특히 〈하울의 움직이는 성〉은 어린 나에게 그
저 '사랑' 이야기로 기억되었는데 사실은 제국 일
본에 대한 은유로 굉장히 복잡다단하면서도, 한
편으로는 명백히 '마음'을 중요시하는 작품이었
다. 그런가 하면 〈센과 치히로의 행방불명〉 또한
자본과 자연에 대한 은유와 상징이 도처에 작동
하면서도 '기억'과 '연대', 자연과 인간의 상생이
가져오는 '구원'의 끈을 놓지 않는 작품이었는데
사실 〈센과 치히로의 행방불명〉을 보고는 너무
감동해서 엉뚱하게도 토토로 인형을 주문하고야
말았다. 여하튼 이 작품들을 보며 나는 한 인간의
부피 축소가 가져오는 자기 자신의 발견에 대해
생각하게 되었다.

〈하울의 움직이는 성〉에서 마녀의 저주를 받

은 소피가 순식간에 노인이 되고 나서 다음 날 아침이 밝았을 때였다. 너무 어릴 때 봐서 세부적인 내용을 기억하지 못하던 나는 소피의 엄마가 찾아오는 장면에서 조마조마함을 지울 수가 없었다. 소피가 무안당하면 어쩌나, 상처받지 말았으면 했던 것이다. 그런데 소피가 독감에 걸렸다는 말을 하며 어머니를 돌려보내고 나서 거울을 보며 중얼거리는 말에서 나는 내가 소피를 지나치게 나약한 사람으로 봤다는 사실을 깨달았다.

"할망구, 괜찮아. 아주 건강해 보이고 옷도 잘 어울려."

소피는 놀랍게도 축소된 젊음 앞에서 숨겨진 아름다움을 찾아낸다. 이건 아름다운 외모를 가졌지만 집 안은 최악으로 엉망진창인 데다가 염색이 잘못되었다고, 누군가와 헤어졌다고 자신을 놓아버리며 녹아내려 버리는 하울하고도, 젊은 하울의 심장을 노리며 젊음을 애써 유지하고 다니는 비대한 황야의 마녀와도 굉장히 다른 모습이다. 항상 자신이 예쁘지 않다고 하던 소피는 무 대가리를 구해주고 하울의 집 안을 치우며, 왕궁에 들어가 당당히 전쟁에 반대하는 목소리를 내며, 늙어버린 황야의 마녀를 돌본다. 외모가 어찌 되었든, 타인이 자신을 어찌 보든, 자신을 과장하지 않는 소피는 오히려 모두에게 가장 없어서는 안 될 커다란 존재가 되는 것이다. 그런가 하면 〈센과 치히로의 행방불명〉에서 센도 마찬가지다. 가장 어리고 작은 이 존재는 어른들과는 달리 남의 음식을 탐내지 않아 돼지가 되지 않았고, 더러운 모습으로 나타난 강물의 신이 삼킬 수밖에 없던 인간의 쓰레기를 손으로 뽑아 치운다. 최종적으로는 자신의 이름을 잊은 강물이었던 하쿠의 이름을 되찾아준다. 자신을 품어주었던 자연의 고마움을 기억하는 이 겸손한 인간의 모습은 그 순간 어떤 어른보다 커다란 아이의 모습으로 돌아오는 것이며 비로소 자신을 잃지 않는 한 인간으로 돌아가는 것이다.

이러니 인간의 부피 축소는 확실히 해볼 만하다. 부피가 축소되었을 때 진짜의 나는 대체로 커지니까. 그렇게 커진 나는 타인을 해치지 않을 거니까.

# 환승 인간

　뒤늦게 다시 본 미야자키 하야오 감독의 작품
들에서 놀랐던 건, 바로 이름에 대한 감각이었
다. 여러 이름을 쓰는 하울에게 소피가 대체 이름
이 몇 개냐고 물으니 하울이 '안전할 만큼' 있다
고 대답한다. 물론 하울은 결국 온전히 하나의 이
름을 찾게 되는데, 사실 내 소설들에도 이름은 어
떤 고유성을 드러내는 장치로 쓰이니 완전 동떨

어진 개념은 아니다. 그런데 현실의 나는 하울과 비슷했던 것 같다. 고유성을 드러내는 어떤 것으로 이름을 중요하게 생각한 게 아니라 그것과는 다른 의미에서 이름에 힘을 좀 줬던 거다. 내가 어린 시절엔 새 학기 때 꼭 종이를 하나 나눠주곤 했었다. 선생님이 나눠주신 그 종이에는 특기와 취미를 쓰는 칸이 있었다. 나는 그게 항상 난감했다. 아무리 생각해도 '특출 나는 기량'의 것이 나에겐 존재하지 않는 것 같았다. 그런데 삼십 년 넘게 나 자신과 지내다 보니 내가 하나의 특기 정도는 있다는 걸 드디어 알게 되었다. 내가 발견한 특기는 바로 '환승'이다. 어디서 어디로부터, 라고 한다면 바로 이름들이다. 내가 최초로 이름을 만든 건 주변인들의 증언에 의하면 네 살 무렵이었다고 한다. 내가 네 살에 그 이름을 처음 지었는지 그건 기억하지 못하지만 정확히 그 이름을 썼던 것은 기억난다. 당시 내가 지은 이름은 한난희였다. 밖을 나다니는 것을 힘들어하는 주희가 어디 멀리까지 가서 받아 왔다는 이름인 정현에서 나는 순식간에 난희가 되겠다고 주장했다고 한다. 사실 주희가 정현이를 받아 온 건 내가 '예술가가 될 운명이라는 말을 듣고서'라고 한다. 주희는 '예술하면 얼마나 힘든데?'라는 마음으로 정현이를 탄생시켰다. 그런데 그 마음은 내가 난희로 환승 이름 하면서 순식간에 멀어지고야 말았다. 하도 내가 '나는 난희야. 알겠어? 나는 난희라구' 하고 다녔더니, 가족 모두가 '그래, 난희야!' 해버린 것이다. 구 남친처럼 멀어진 정현이란 이름은 그 뒤에 한참이나 지나 내가 교육기관에 들어가고 나서야 재소환되었다. 그때까지 나는 난희와 붙어 다녔다. 그리고 난희와 함께하던 시절 나는 꽤나 활발했다. 제 몸만 한 그림 도구를 들고 다니며 글보다 먼저 시작한 그림으로는 국제대회에 나가 상도 받아 왔다. 난희는 글로벌하면서도 긍정적인 편이었던 것 같다. 비록 유치원은 적극 거부했지만. 그러다 보니 주희도 어느 순간 나를

난희라고 불렀다. 예술이고 운명이고 뭐고 간에
사랑하는 어린 존재의 의견이 중요했던 것이다.

## 다다이슴

## : 이름이 많을수록 숨 쉬기 좋다

태어나 지금까지 내가 스스로 만든 이름은 스무 개도 넘는다. 난희, 경아, 경희, 서아, 윤재, 프란디에, 안드레아……. 이름 뒤에 숨어 있으면 편안한 기분이다. 얼굴을 드러내고 정체를 밝혀야 편안한 사람도 있겠지만 내 경우는 그 반대였다. 한정현의 삶은 학교도 가야 하고 숙제도 해야 하고 동생도 돌봐야 하고……. 한정현의 삶은 구

레라는 작은 마을에 묶여 있어야 하는데 그렇게 다른 이름을 가진 또 다른 한정현은 또 다른 삶을 충분히 해낼 수 있기 때문에 나는 좀 덜 무료한 기분이었다. 그리고 무엇보다…… 내게 다른 이름들은 위안 같은 거였다. 가령, 한정현이 좀 제대로 못 해도 이보나가 나머지를 해내면 되지 않을까. 한정현이 혼자 너무 많이 해내면 그것도 좀 별로니까. 반대로 경아나 제인이 좀 잘못해도 한정현이 잘해내면 최악을 면할 수 있다. 여러모로 쓸모 있는 사람이라는 생각을 할 수 있을 것이다. 이러면 인생이 좀 가벼워지는 기분이다. 실제 현실에서 그럴듯한 직업을 여러 개 갖는다거나 다른 나라에서의 삶을 계획한다는 건 시간도 정성도 오래 걸리는 일이고 꽤나 힘든 일이다. 아르바이트를 여러 개 한꺼번에 하는 삶을 살아본 결과도 그렇다. 아르바이트를 여러 개 하던 한정현은 병이 나거나 마음이 아프곤 했다. 돈을 벌어야 해서 한정현으로만 몇 개의 삶을 거듭했더니 그런 결과가 돌아온 거였다. 이름만 만들어내면 간단해진다. 이런 이유로 나는 무수한 이름을 만들어냈고 환승을 거듭하며 적어도 그 안에서는 조금 더 자유롭고 편안하게 살 수 있었다. 나 자신이 많으면 많을수록 한 명이 비대해지지도 않았고, 그러다 보니 숨을 공간이 많아졌다. 당연히 숨 쉬기도 편안했던 거다.

2부

환승하는 법
: 환승하세요, 자기 자신으로

비문학 영역,

부제는 사랑이랄까

 

처음 석사로 입학했을 때 나는 학교에서 비평
꿈나무로 키워졌다. 말 그대로 키워졌다는 표현
이 맞는데 정작 나는 평론을 쓰겠다고 한 적이 전
혀 없었기 때문이다. 심지어 한 선배는(그분은 평
론가다) 나를 학교 정문 앞 커다란 나무 아래 앉
혀놓고 "정현 씨는 지금 갈림길에 서 있는 겁니
다"라고 해서 나를 아연하게 만들었다. 그 선배가

그런 이야기를 했던 이유는…… 내가 그 전주에 비평 세미나에 참여했기 때문이었다. 그런데 사실 내가 비평 세미나에 나간 것은 비평에 관심이 있어서가 아니었다. 문창과가 뭔지도 모르고 그냥 소설을 쓰기 위해 국문과에 갈 정도였던 나는 비평이 뭔지 알 턱이 없었다. 비평 수업을 들었던 것도 모든 수강 신청을 다 늦게 했기 때문인데 그냥 내 생각대로 썼다가(까다가) 조금 혼났던 기억이 있긴 했다. 비평은 그 정도 기억이었다. 비평 세미나에 가게 된 날은 당시 아르바이트처럼 활동하던 총학에서 만난 언니가 집에 가고 있던 나를 불러 '밥 먹고 갈래?'라고 해서였다. 때마침 밥 먹을 시간이긴 했는데 특유의 귀찮음과 돈 없음으로 인해 갈까 말까 하고 있었다. 내 표정을 보던 언니는 쐐기를 박는 말을 했다.

"내가 살게."

문제는 그 언니와 밥을 먹기 위해선 그 언니가 하던 비평 세미나가 끝나야 했다. 그뿐이다. 나는 앉아만 있으면 된다는 말을 듣고 비평 세미나에 들어갔는데 신입이 들어왔다는 기쁨이 컸던 건지 세미나를 주최하던 선배는 내게 유독 질문을 많이 했다. 사람은 두 가지 경우가 있다고 생각한다. 그러니까 너무 좋아하는 어떤 것을 어려워하는 사람, 반대로 아무 무게감이 없기 때문에 손쉽게 이야기를 이어갈 수 있는 사람. 비평에 아무런 무게도, 지식도 없던 나는 용감하게도 아무 말을 무척 열심히 했던 것 같다. 심지어 그날 내가 더듬더듬 논하던 소설이 무엇인지도 지금은 기억도 안 난다. 세미나가 끝났을 때, 선배는 비평 세미나에 계속 나오면 좋겠다고 했고 딱히 미운털 박히거나 눈에 띄는 대답을 하고 싶지 않았던 나는 '네'라고 했을 뿐이다. 이런 문장을 계속하고 싶지 않은데 정말…… '그뿐이다'. 그날 세미나가 끝나고 그 언니가 사준 밥을 맛있게 먹었던 나는 사실 세미나 자체를 까맣게 잊어버리고 있었다. 그런데 세미나를 같이했던 선배가 찾아온 거다. 게다가 소설을 쓰고 있는 나를 불러 심각한 표정을 십분 동안 짓고 안경을 벗어 몇 번이나 닦은 후에 하는 말이 내가 갈림길에 서 있다니……. 물론 인간은 항상 자신이 원하든 원하지 않든 갈림길에 자주 선다. 거기에 서야 다음 스텝을 논할 수 있기 때문일 텐데 이번 갈림길은 정말 해도 해도 너무하게 다 모르는 길이었던 거다. 결국 나는 그런 대답을 할 수밖에 없었다.

"저는…… 앉아 있는데요, 지금?"

왜인지 선배는 다시 한번 안경을 벗었고 손으로 얼굴을 반쯤 가린 채 다소 심란한 표정을 짓다가 내가 진심으로 의아한 표정을 지우지 못하자 하여간 생각해봐야 한다며 신신당부를 하더니 내게서 멀어졌다. 내가 아는 그 선배는 유독 예의를 중요하게 생각하는 분이기에 저 말을 하기까지 자신의 오지랖에 대해 여러 번 생각했겠지만…… 당연히 비평과 연구는 다르고 나는 결국 비평을 하진 않았다. 솔직히 말하자면 사람들의 생각과 달리 나는 비평에 큰 재능이 있지 않다. 잘 모르는 분야라 더 솔직했을 뿐이다. 아니, 솔직하기가 편했던 거다. 너무 소중하면 눈치 게임을 하게 되는 경우가 있는데 비평의 영역에선 그럴 필요가 별로 없었던 거다. 게다가 나는 소설을 써서 얼른 등단하고 싶었기에 거기에 집중하고 또 집중했다. 이쯤 하면 나를 아는 사람들은 약간 고개를 갸웃할 텐데 여러 가지 일을 못 한다는 사람이 절대 놓지 않고 있는 다른 한 가지가 있기 때문일 것이다. 그렇다. 나는 연구는 끝내 놓지 못하고 있다. 그건 누군가의 권유도, 세미나도, 특출난 재능도 아니었다. 개인적으로 이 단어를 직접 내뱉는 걸 좋아하진 않지만 그래도 어쩔 수 없이 해야 할 것 같다. 그것은 순전히 사랑 때문이었다.

## 사랑과 (비)문학

사랑은 비문학 영역이다. 아니, 적어도 내게 사랑은 비문학 영역이었다. 문학 영역으로 사랑을 표현하기엔 내 사랑은 너무 갖가지이기도, 너무 납작하기도 하다. 무엇보다 문학에서의 사랑은 고유한 그 무언가인데, 그렇게 '나 자신'이어야 하는 사랑의 대명제가 나의 현실에서는 거의 통하지 않았다. 사랑에 진입하는 순간 나는 언제나 나를 '곧장' 상실했다. 번번이 내가 아닌 상대가 좋아할 나를 만들어놓고 그렇게 만들어진 나로 살아가려 애썼다. 첫 번째 단계는 조사와 수집이었다. 나는 항상 상대에게 잘 보이려고 이런저런 자료를 수집하고 머리를 굴렸다. 계획을 세우고 상대가 좋아하는 것, 관심사들을 미리 공부했다. 하필 '똑똑한 사람'이 이상형인 까닭에 내가 좋아했던 사람들은 사회적으로 보면 굉장히 똑똑한 축에 속한 사람들이었고 특히나 여러 연애 중에서 특별하게 내가 좋아했던 상대들이 연구자였다는 점은 지금의 나를 만든 (참으로 안타까운) 조건이었다. 좀 더 명확하게 말하면 그 특별한 상대들이 하필이면 문화 연구자들이었으며 동아시아 관련 연구를 한다는 점이었다.

어쩔 수 없었다. 문학 영역도 물론 그렇겠지만 비문학 영역은 더더욱 재능만으로는 불가능하다. 문학과 비문학 영역의 결정적 차이는 그런 것이 아닐까. 물론 문학 영역의 재능이라는 것이 정확히 어떤 기술을 의미하는 것이 아니라는 점은 세부적 설명이 요구되겠지만. 어쨌거나 이 비문학 영역을 위해서는 암기도 필요하고 반복 학습도 필수였다. 나는 그들의 세계로 접속하기 위해서 문화사 연구서들을 열심히 따라 읽기 시작했다. 그들을 몇 번이나 관찰하면서 느낀 것은 (당연하지만) 그들의 취향이 연구에 기인한 것들이었기 때문이다. 그러다 보니 석사 논문은 쓸 생각이 애당초 전혀 없었는데 엉겁결에 석사 논문도 쓴다고 해뒀다. 왜냐면 그 핑계로 이야기를 많이 할 수 있기 때문이다. 나는 말 그대로 상대방의 눈에 들기 위해서 연구를 시작했다. 아르바이트를 하고 소설 쓰는 시간을 제외한 나머지 시간을 그가 관심 있어 하는 연구서를 분석하는 데 투자해서 정리까지 해가며 열심히 공부했다. 질문까지 잘 만들어둔 채로 약속에 나갔더니 과연 이야기는 시간에 구애받지 않고 술술 풀려나갔다. 한창 자신의 연구에 심취할 삼십 대의 연구자는 나와 대화하는 걸 무척 좋아했고 내가 진심으로 그 분야에 재능이 있다고 생각하게 된 것 같았다. 당시의 내 연인은 내게 슬슬 읽으면 좋은 책을 추천해주기 시작했다. 석사 논문은 반드시 쓰고 박사도 생각해보면 좋겠다는 말을 얹기도 했다. 석사라니, 등단이 코앞인데 석사라니……. 저는 등단을 위해 아르바이트하는 시간 외엔 온통 소설 쓰기만 하는데 말이에요. 이 말은 사랑 앞에 잘 숨겨두었다.

원래 석사 논문 주제는 박완서였다. 소명의식에 대한 연구가 많기는 하지만, 나는 뜬금없이 레비나스를 읽다가 박완서의 소설과 연결시켜야겠다고 생각한 사람이었고 평소 박완서에 관심이 많았던 당시의 지도 교수님은 말 그대로 '당장 진행시켜!'라는 모습으로 몹시 기대하는 눈치였다.

하지만 그를 좋아하면서 나는 완전 다 뒤엎었다. 빌렘 플루서와 키틀러, 뒤르켐과 하버마스, 알튀세르와 들뢰즈, 아도르노까지 (속성으로) 미친 듯이 공부했더니 흥미가 완전 바뀌어버린 것이다. 그러다가 이인성 작가의 『한없이 낮은 숨결』(문학과지성사)이라는 책을 발견했는데 하필 한창 빌렘 플루서에 빠져 있다 보니…… 텔레비전이 반복적으로 등장하는 장면에서 완전 마음을 빼앗겨 버렸다. 무슨 배짱이었는지 나는 꼭 그 소설로 논문을 써야겠다고 생각했다. 그때까지 자료를 보면 이인성의 소설을 대부분 메타픽션*이나 난해함으로 해석하곤 했던데, 일단 나는 별로 난해하지 않았고 오히려 미디어를 다소 낮게 평가했던 당시의 다른 소설들과는 조금 다른 이미지로 읽혀서 읽는 내내 너무 즐거웠다. 이인성이라고 하면 많이 알려진 『낯선 시간 속으로』(문학과지성사)도 좋지만, 개인적으로는 『한없이 낮은 숨결』을 정말 좋아한다. 작가 본인은 그런 생각을 안 했을 수도 있지만 그 소설 전반엔 문화사회사로 해석될 수 있는 여지가 굉장히 많았고 사실 작

* 작가가 자신의 글을 되돌아보며 의심하고, 환상이나 상상을 가하는 등 글쓰기 행위에 대한 자의식이 드러나는 서술.

가가 그런 생각을 이미 했을 것 같아서 더 재밌었다. 아니 뭐 예술에 심취한 사람이 꼭 비정치적이어야 할 이유가 있나……. 결론적으로 말하면 이 논문을 쓸 때 재밌었다. 십오 년 지기가 쥐어준 서울대 학생증으로 도서관을 몰래 드나들며 엄청나게 부러워했던 기억까지도 더해서.

그리고 사실 이런 나의 태도는 엄마에게 배운 것 같기도 하다. 엄마는 영어를 전공한 내가 문학으로 석사 논문을 쓴다니 자신도 알고 싶다며 이내 박완서를 읽기 시작했다. 엄마는 평생 워킹맘으로 살았기 때문에 책을 읽을 시간도 여유도 없어서 독서의 경험이 많다고 하긴 어려웠기에 내심 걱정이 되기도 했다. 그러다 내가 이인성으로 바꾸니 무려 (별 고민도 없이) 그의 소설을 읽겠다고 선언했고 실제로 읽었다. 그리고 아주 간단명료한 말을 했다.

"재밌네."

나는 그게 진심이라고 생각한다. 이미 앞선 사

람들이 해석한 난해함이라는 단어를 알지 못해서 할 수 있는 진심 어린 독자의 리뷰. 일단 그런 리뷰가 진짜다. 가끔 나는 내가 앞선 사람들, 이름이 있는 사람들의 말에 지나치게 갇힌다고 느낀다. 정말 좋았던 책도 슬그머니 그 평가가 달라지기도 했고 읽어 보기도 전에 지레짐작으로 겁을 먹기도 했었다. 엄마처럼 마음으로 무장하고 있으면 자신이 경험해 보지 못한 세계로 환승도 수월하고 또 규정지음도 훌쩍 넘어서 버리는 것 같다.

## 사랑과 (비)문학 2

  그는 나의 태도가 이만하면 됐다(?)고 꽤나 흡
족한 마음을 느꼈는지 그다음엔 쓰루미 순스케
의 『전후 일본의 대중문화』(소화)라는 책과 한예
종에서 발간한 『한국현대 예술사대계』라는 책을
읽어보길 권유했다. 스튜어트 홀이나, 이제 레이
초우 정도는 당연히 읽었을 거라 생각하는 뉘앙
스였기에 없는 시간을 쪼개 다시 공부에 매진하

던 나는 어느 여름날 무슨 자신감인지 중앙대까지 가서 김항 선생님의 수업을 들었던 기억도 있다(하버마스였는지 카를 슈미트였는지 수업의 주제도 심지어 기억이 잘 나지를 않지만). 그리고 그때부터 나는 창작 수업이 아닌 철학과 인문학, 과학, 영화이론 수업을 듣는 취미를 갖게 되었다. 유운성 평론가의 수업도 진심으로 열심히 들었는데, 지금 기억에 또렷이 남아 있는 건 '미메시스' 네 글자지만(반복적으로 말하지만 수업이 문제가 아니고 내가 문제다), 내가 그 분위기와 공간과 시간을 엄청 좋아했다는 건 분명히 기억난다. 무언가를 배운다는 건 정말 좋은 일이었다. 그건 여태 보지 못했던 세상을 조금 더 보여주는 일이었다. 처음엔 좀 불편할 수 있지만, 그걸 모르고 살았던 때로 돌아가진 않게 되는 것 같다. 그래서인지 지금까지도 시간적 여유가 생기면 '필로버스'와 같은 사이트를 떠돌며 역시나 점수를 매기지 않으면 공부는 참 재미있다와 같은 생각을 하는 사람이 되었다. 스트레스가 쌓이면 이런 수업을 듣는다.

이렇게 비문학 영역을 탐구하며 깨달은 사실 중 하나는 뒤돌아보니 이런 거였다. 보통 우리가 사람이든 물건이든 관계든 직업이든 나에게 해가 되거나 애정이 식은 줄 알면서도 놓지 못하는 큰 이유 중 하나는 '내가 해준 게 얼만데' '내가 맞춰준 게 얼마나 많은데'와 같은 '화'이다. 이건 사람이니까 당연히 셈을 하게 되는 것인데 문제는 그게 너무 커져 버리면 그냥 놓고 돌아서면 될 것을 굳이 끌어당겨 '짐'으로 만들어서라도 가지고 다니게 된다는 거다. 나 또한 그런 유형의 사람이었는데 어느 날 내가 이 사람 덕분에 너무나 많은 걸 배웠다고 생각하니 굳이 내게 더는 필요하지 않다고 생각하는 걸 끌어안고 살아갈 필요가 없다는 생각이 들었다. 자연스레 비문학 영역의 시작에서 다음 단계로 넘어갈 수 있었다.

신기한 일은, 그때의 내가 죽도록 했던 공부

들이 그다음 연애사에 중대한 영향을 미쳤다는 거다. 대중문화를 열심히 공부하고 일본과 한국과의 연관성을 알아가던 때만 해도 비문학 영역의 다음 파트가 일본이라는 사실은 알지 못했지만……. 여러 차례 언급한 적 있지만 내 학부 전공은 영어였고 외국에 있으면서도 인류학이나 법학 쪽을 생각했었다. 전부 영어가 제1언어인 나라였고 나는 영국 문화나 미국 문화에 익숙하고 관심이 많은 사람으로 자라왔었다. 하지만 어쩔 수없었다. 비문학 영역은 이번엔 나를 일본으로 데려갔고, 나는 일본에 드나들기 위해서 돈이 필요했기 때문에 연구 계획서를 무척 열심히 썼다. 신기한 일은 비문학 영역을 심화하기 시작하면서부터 아르바이트가 줄어들고 공부할 시간이 늘어나서 이전보다 마음이 편안해졌다는 점이다. 그때부터는 연구비 증빙을 위해 미친 듯이 또 공부를하고 글을 썼다. 『소녀 연예인 이보나』(민음사)에쓴 것처럼, 가보지 않은 세계를 내가 사랑하는 사람을 통해 건너갔더니 거기엔 오히려 진짜 내가 있었다. 사람들은 흔히 누군가의 취향을 알고 같이하는 걸 '맞춰준다'의 범위로 생각하는 것 같은데 꼭 그렇지만도 않은 것 같다. 왜냐면 확실히 사랑, 이 비문학 영역이 내게 알려준 건 '나 자신'이 어떤 사람인가, 이었으니까. 결국 내가 생각하는 사랑의 최초이자 최후의 환승지는 자기 자신이다. 정말 좋은 사랑이라는 기준은 다 다르겠지만, 나의 경우는 온전한 '나'가 남는 것이다. 오롯이 나로 환승하는 것이다. 그러므로 이번에도 비문학 영역은 그 자체는 끝장나도 전체로는 전혀 끝나지 않았다. 그만 떠났을 뿐 도쿄의 내 추억, 나 자신은 그대로이고 심지어 친구들도 건재하며 도쿄는 이제 그냥 나의 도시이다. 진정 망함 전문가는 결코 망하지 않았다. 그냥 다양한 전문가가 되어가는 중일 뿐이었다.

## 비문학 혹은
## 비인간 영역

　사실 비문학 영역의 범위는 단지 연구에만 국한된 건 아니다. 내게 비인간의 존재를 알려준 것도 어쩌면 비문학 영역이 먼저였을지도 모른다. 나는 동물을 무서워하는 편은 아니지만 가깝게 하기엔 환경적으로 제약이 많았다. 아빠는 어린 시절 고모가 개물림 사고를 당하는 걸 본 후 비슷한 일이 우리에게 일어날까 걱정이 좀 많은 편이었고 언니는 워낙에 개를 무서워했다. 당연히 가깝게 지낼 일이 별로 없었는데 역시나 비문학 영역이 또 힘을 발휘했다. 비문학 영역의 분야가 다양하다 보니…… 그 언젠가의 비문학 영역에서, 나는 어린 시절부터 별 인연이 없다고 생각했던 강아지를 맡게 된 거였다. 처음 강아지가 나에게 맡겨지기 몇 주 전, 나는 결연한 마음으로 이번에도 공부를 시작했다. 온갖 강아지 관련 자료와 유튜브를 보고 맹연습한 것이다. 여태 친구들 강아지를 맡아줘도 하루 이틀이었던 데다가 잠시 밥을 주거나 배변을 도와준 일이 전부였다. 오랜 시간 다른 존재와 있어야 한다는 것이 좀 부담스러웠는데 당시엔 어쩔 수 없이 내 마음에도 구분이 있었던 것인지, 그것도 동물과 함께라는 것이 더욱더 불편함을 느끼게 했다. 하지만 내가 아니라면 강아지를 호텔에 맡겨야 한다고 했는데 그 호텔 사진을 보니 오히려 마음이 더 힘들어져서 나도 모르게 내가 잘해보겠다고 한 거였다. 잔뜩 긴장하며 강아지를 기다렸는데 강아지는 나를 보자 아주 조심스럽게 다가와 내 곁에 섰고 나를 가만히 올려다보았다. 강아지는 나라는 인간이 자신을 불편해한다는 걸 눈치챈 거였다. 나는 짠한 마음이 들어서 간식을 꺼내주고 강아지의 마음을 풀어주기 위해 유튜브에서 본 대로 산책을 시켜야겠다고 생각했다. 그러나 웬일인지 강아지는 몇 발자국 가지도 않고 자꾸 나를 뒤돌아보곤 했다. 내 옆에서 붙어서 걸어야겠다고 다짐한 것처럼 절대 먼저 앞서 나가지 않았다. 나는 나대로 처음 해보는 반려견 산책에 진땀을 뺐다. 도시가 이렇게 동물에게 위험한지 몰랐다. 온갖 차와 소음이 뒤섞인 거리에서 나는 강아지가 놀라 혹 차도로 뛰어들지는 않을지 바닥에 떨어진 위험한 것을 먹거나 밟지 않을지 온갖 신경이 다 쏠려서 머리가 아플 지경이었다. 안타깝게도 그 비문학 영역의 마지막 시간에 가까워져서야 나는 핸드폰으로 강아지를 찍으며 커피도 마실 정도가 되었고 강아지 또한 리드줄을 당겨 저만치 앞서 나를 기다릴 정도가 되었지만 첫 산책을 마치고 나서는 마감이 끝난 후에도 웬만큼 힘들지 않으면 마시지 않는 낮맥주를 마셔야 할 정도로 고된 기분이었다. 강아지는 행복했는지 먹지 않던 치킨껍을 들고 와 내 다리 위에 두고 먹었다. 나중에 알고 보니 강아지는 아주 어린 시절 모종의 일로 인해 주기적인 산책을 거의 해보지 않은 채 집 안에서만 자랐다고 했다. 꼬리가 말리고 강아지만 봐도 내 곁에 숨은 이유도 산책이 뭔지 몰랐기 때문이었다. 다만 나를 잃어버리면 안 된다는 것만은 알고 곁에 붙어 있었던 것이다. 나는 그 말을 듣고 더 열심히 산책을 시켰다. 개든 사람이든 오지 않는 장소를 물색해 엄청나게 걸었고 비가 오든 눈이 오든, 아침이든 점심이든 저녁이든 강아지를 꽁꽁 싸매고 바깥 구경을 나갔다. 물론 이 작은 비인간과 함께하는 게 어색했던 초보 인간은 많은 실수도 저질렀다. 영하 17도에도 산책을 나가야 된다고 생각했던 미련한 인간은 어느 순간이 지나고 나서야 강아지가 덜덜 떨고 있다는 걸 알았다. 패딩 속에 강아지를 넣어 안고 버스에 타려니 번번이 거절을 당했고 결국 나는 뛰기 시작했다. 그러면서 문득 어릴 때 아빠와 산에 갔다가 비가 너무 많이 내려서 아빠가 나를 업고 나뭇가지에 피부를 긁혀가며 뛰어 내려갔던 일이 생각났다. 이런 마음이었구나, 강아지가 아프거나 놀라지만 않았으면 하는 마음이…… 그날 나는 내가 어린 시절부터 기다렸던 외계의 존재가 사실 우리 집 강아지가 아닐까 생각하기도 했다. 내가 너무 인간과 인간이 아닌 존재의 경계를 나눴던 것이 아닌가 또한 생각하며.

그 연애의 말미에 가서 강아지는 나와 상대방이 함께 있던 자리에서 둘 사이에 약간의 언쟁만 생겨도 그가 아닌 내 품으로 기어들어 와 상대방에게 으르렁거렸다. 상대방은 그럴 때마다 기가 차서는 "어릴 때부터 먹여주고 재워준 게 누구니,

너 뭐 주인 환승했니?" 했지만 나는 안다. 아마 강아지는 내가 자신과 더 많이 걸었고 자주 안아 줬고 함께 무언가를 나눴다는 사실을 알고 있으리란 걸 말이다. 한국에서 유기견을 꺼리는 이유 중 하나가 개는 주인을 바꾸지 않는다, 라는 속설 때문이라는데 사실 인간의 생각보다 비인간들은 사랑에 대해 더 정확하고 무한하고 용기를 가지고 있다. 주인을 바꾸는 것이 아니라 자신을 그저 진심으로 사랑해주는 인간이 누구인지를 알아차리는 것이다. 그러므로 유기견을 입양하지 않을 이유는 전혀 없다. 더불어 이건 이전 연애 당시의 상대방 이야기는 전혀 아니고 가끔 반려견을 막 대하는 사람들을 보며 느낀 건데, 본인이 인간이라는 이유로 관계의 주인이며, 주인이면 어떤 행동을 해도 사랑받아야만 한다고 판단한 건 아닌지 잘 생각해보았으면 좋겠다. 어쨌거나 비인간의 환승은 이렇게 정확한 구석이 있었다. 강아지와 함께한 시간 이후에 나는 가끔 봉사 활동까지 하는 인간이 되었다. 누군가를 돌보는 일에 대해 무조건 할 수 없는 사람이라고 생각했는데 오히려 그 반대라는 걸 깨달으며, 유기견뿐만이 아닌 신생아 봉사도 그렇게 시작하게 되었다. 비문학 영역이 데리고 온 이 작은 비인간의 환승은 내게 그런 광범위한 사랑을 알려주었다. 이제 다시 볼 수 없는 우리 집 강아지가 늘 보고 싶지만 언젠가 내가 죽으면 다리 건너에서 나를 기다리고 있을 것이므로 모두 괜찮을 수 있다. 이것이 작은 비인간이 내게 알려준 믿음에 기반한, 정확한 사랑이 알려준 것들이다.

## 우정과 문학

사랑은 비문학(연구)과 관련이 있었다면 내게 우정은…… 문학 그 자체였던 것 같다. 나는 가끔 삶이 우정으로 이뤄져 있다고 생각하는데, 우정으로 산다는 게 정말 재밌고 중요하다고 느꼈던 것은 외국 생활을 하면서부터였다. 주구장창 이상하다는 소리만 듣던 한국에서 벗어난 것도 내게는 스트레스의 일부가 덜어진 것이었을 테고, 페미니즘 이슈나 환경 이슈를 오랜 시간 인지해온 나라로 간 것도 정말이지 내게는 엄청난 행운이었다. 평일에는 7시 30분만 되도 중심가마저 문을 닫는 나라였기에 대부분의 한국인들이 꽹장히 지루해했던 반면에, 나는 그런 것들이 너무 마음에 들었다. 마음에 안 맞는 사람들과 술을 마시느니 차라리 혼자 술독에 빠지겠다는 신념을 가진 나이기에, 그냥 멍하니 혼자 있는 게 당연한 이곳이 너무나 홀가분하게 느껴졌던 거다. 그리도 또 하나. 자연과의 관계에서 오는 편안함이 있었다. 흔히 시골 출신은 자연을 좋아할 거라고 생각하지만 한국은 자연을 인간과 대척점에 놓거나 인간의 정복 대상으로 보는 경우가 많아서 시골이라고 해서 꼭 자연친화적이거나 하지도 않다. 나 또한 부추와 잡초가 뭔지도 구분 못 한 채 살아왔다. 하지만 그 나라에 가서야 나는 자연이 얼마나 아름답고 위대하고 두려우며 커다란 존재인지 인식했다.

지금은 그때에 비해 엄청나게 달라졌다고 하지만 당시는 인터넷이 종량제인 나라여서 나는 주로 도서관에서 밤을 새서 공부를 하거나 영화 DVD를 빌려 보거나 하늘에 떠 있는 별을 멍하니 몇 시간이나 보곤 했었다. 그 모든 것이 내게는 너무나 마음에 들었다. '왜 인간은 행복하지 않을까'라거나 '행복이란 무엇일까'를 일상적으로 이야기하는 것도 정말 좋았다. 그런 이야기를 하거나 몇 시간을 한곳에서 멍하니 보내면 인간을 이상하게 취급하는 한국에서 벗어난 게 그냥 나는 진심으로 좋았던 것 같다. 사실 내가 그곳에, 그러니까 뉴질랜드의 대학에 간 것은, 처음엔 한국에서 다니던 대학에서 선발된 학생으로 한 학기를 간 거였다. 하지만 후에 나는 돌아오지 않는 쪽을 선택했고, 유학원을 통해서가 아닌, 현지에서 수업을 들었던 대학에서 바로 시험을 치르고자 죽 남게 되었던 거였다. 돈이 있어서 유학을 간 경우가 아니었고, 가서도 딱히 지원을 받을 수 있는 것도 아니었기에 학교 수업이 없는 주말엔 아르바이트를 두 개씩 하고, 짧은 방학이든 긴 방학이든 무조건 또 아르바이트를 하며 보내야 했다. 아르바이트 전에는 돈이 없어서 학교 기숙사 식당에서 아침에 내주는 샌드위치와 과일을 챙겨 거의 종일 먹기도 했던 것 같다. 하지만 그런 생활을 감내하면서도 좋았던 건, 그리고 절대 돌아오지 않으려고 했던 건 저런 이야기들을 해도 되는 곳이라는 생각 때문에서였다. 그리고 그런 지점들로부터 어떤 우정의 형태를 처음 느낀 것 같다. 사실 나는 중고등학교 때 친구들과는 특별한 교류를 하지 않고 거기에 큰 의미 부여도 굳이 하지 않는 편인데 일단 동창이나 지인, 친구는 엄연히 다른 존재라고 여기기 때문이다. 동창들보다는 지금 내 옆집의 이웃이 나를 더 잘 안다고 생각한다. 내가 몇 시에 들어오고 나가는지, 택배로는 무엇을 시키고 어떤 냄새가 나는 음식을 먹는지, 진실로 내 동창들보다 내 이웃이 더 잘 알고 있을 것이다. 그러니 오래 알던 사람이라고 친구라고 부르는 것은 내 입장에서 꽤나 무용한 일이다.

이런 생각이 구체화된 것도 그 나라에서였다. 내겐 크게 세 부류의 친구가 있었다. '파이브 아시안 걸스five asian girls'라고 해서 말레이시아, 일본, 한국, 중국, 이라크(?) 출신으로 이뤄진, 나를 포함한 다섯 명의 친구들이 있었다. 이들은 나의 작은 방에 물이 샜을 때 아르바이트를 해야 하거나 수업을 들어야 하는 나를 대신해서 물을 빼고 카펫을 말려주었고, 내가 아팠을 때 차를 렌트해 몇 시간을 달려 응급실로 데려다주었다. 그런가 하면 빈센트라고 내 소설에도 등장하는 친구가 있다. 빈센트에 대해선 말로 다 할 수가 없다. 스코틀랜드 출신의 뉴질랜더를 가리키는 말인 '키위'이기도 한 그는 진정한 나의 절친이자 황당 전문가인데 딱 한 번 진지했던 적이 있긴 하다. 내가 어느 날 학교 공부가 너무 힘들어 돌아갈까 했더니 카페에 나를 앉혀놓고 커피와 맥주를 동시에 주문한 것이다. 그 뒤는? 이건 비밀로 해야겠다. 소설에 쓰려고 하니까.(웃음) 그리고 잊을 수 없는 담당 교수 나탈리아가 있다. 공부를 꽤나 열심히 해서인지 입학 준비 시험을 치르고 점수를 보니 대학 입학이 아닌 대학원 입학 자격을 얻을 수 있는 수준이었다. 고민이 되어서 나탈리아를 찾아갔는데, 역사에 관심이 많다고 하는 나에게 나탈리아가 했던 질문이 있었다.

"너는 한국전쟁을 어떻게 생각하니?"

잊을 수 없는 질문이었다. 많은 생각들이 거기서부터 시작되었으니까. 그녀는 비건이었고 페미니스트였다. 우정은 이렇게 존경으로부터 시작되기도 한다. 이들은 그곳에서 내 생일을 챙겨주고 시험 합격을 축하해주었고, 자주 연애 상담을 하며 눈물을 흘리거나 웃음을 터트리고 가끔은 각자의 나라에 대해 험담하고 한숨을 내쉬기도 했다. 친구들과 함께일 때는 거의 나 자신 그대로였던 것 같다. 꾸미지도 준비하지도 마음을 먹지도 않았다. 그때는 나도 그렇고 모두들 그곳에서 평생 살 줄 알았기에 자주 미래의 시간을 서로에게 공유하곤 했었다. 해변에서 싸구려 와인을 나눠 마시며 세웠던 계획을 우리 중 누구도 지키지 못하고는 있지만……. 그곳에서 돌아온 이후 나는 늘 그런 형태의 우정이 내 삶 속에 어떤 그리움을 만들고 살아가게 했다는 걸 안다. 재미있는 사실은 그렇기 때문에 도리어 한국에서 친구 사귀기란 여간 어려운 일이 아니었다는 거다.

## 문학이 돈은 안 벌어 와도
## (자주) 사람은 살린다

 

한동안 비어 있던 친구의 자리는 소설을 쓰며 다시 채워지기 시작했다. 언젠가 지면에 쓴 적이 있는데 나는 이른바 페미니즘 리부트 이전에 등단한 사람이었고 그러다 보니 더욱더 고통스러운 시기를 통과해야 했다. 일단 청탁이 하나도 없었다. 쓰는 에너지가 유독 넘치던 시기였기에 해소를 하지 못했던 나는 트위터 계정을 하나 파서 주구장창 볼라뇨, 제발트, 배수아, 온갖 영화 이야기 등을 늘어놓기 시작했다. 일상 트윗도 물론 했는데 주로 '쉽지 않다'나 '하' 이런 것만 올렸다. 하지만 지나고 보니 그때 내 일상이야말로 쉽지 않은, '하……'이긴 했다. 그런데 친구들이 생겼다. 정확히 말하면 내 인생에서 가장 고마운 사람 중 한 명을 나는 그곳에서 만났다. 단지 내가 볼라뇨를 좋아한다는 이유만으로 D는 내게 가방을 선물해주고 싶다고 했다. D는 볼라뇨 소설을 너무 좋아해서 책에 나온 문장으로 에코백을 만들었고, 자신처럼 볼라뇨를 좋아하는 사람에게 주고 싶다는 게 그 이유였다. 그때 내 인생은 말 그대로 바닥을 치던 때였고 딱히 책을 읽거나 영화를 보는 것 외엔 할 수 있는 일이 없던 때이기도 했다. 심지어 당시 나는 타인과 마주치는 걸 굉장히 두려워하는 사람이 되어가고 있었다. 지금처럼 혼자 있는 걸 좋아하면서도 타인을 궁금해하는 그런 게 아니라 말 그대로 누군가와 말 섞는 게 두려운 시기였던 것이다. 하지만 볼라뇨를 좋아한다는 말에 나는 덥석 알겠다고 했다. 나 또한 D의 트위터를 열심히 본 결과, D는 그냥 러시아 문학, 일본 문학, 남미 문학, 아무튼 문학 그 자체였을 뿐 무언가 인간에게서 느낄 수 있는 피로함이 느껴지지 않았기 때문이었다. 나는 문학을 믿은 건지 친구를 믿은 건지 모른 채 약속 장소에 나갔고 정말 근사한 에코백을 들고 있던 친구가 내게 다가와 ○○님이 맞으시냐고 물었다.

친구가 되었다. 미국을 찬양하는 탈북민이 만든 북한 요리점에 가서 뜬금없이 비빔밥과 평양냉면을 나눠 먹고, 볼라뇨 책을 펴서 나오는 문장을 몇 번 읽어본 후, 그렇게 우리는 친구가 되었다. D는 그해 내 생일에 한남역 언덕 꼭대기의 꼭대기에 있던 집에 초대해 덜 익은 닭볶음탕을 해주었다. 나만큼이나 돈이 없던 시기의 D가 그걸 준비했을 생각을 하니 나는 마음이 너무 좋아서, 아니, 한편으로는 너무 좋아 아프기까지 해서 나는 고기를 먹지 않는다는 말을 하지 않았다. 닭이 덜 익었다는 걸 알고 있었지만 그냥 처음부터 끝까지 먹었다. (덜 익어서 아픈 게 아니다, 참고로……) 다 먹고는 꼭대기의 꼭대기 집답게 너무나 꼭대기라 한강이 보이는 그 집 옥상에 올라가 또…… 주구장창 볼라뇨 이야기를 했다. 사실 볼라뇨 이야기만 한 것은 아니었고, 도스토옙스키와 사카구치 안고, 나보코프, 아이작 바셰비스 싱어, 맬컴 라우리, 나탈리 레제와 장 주네, 찰스 부코스키, 코맥 매카시, 마거릿 애트우드와 같은 작가의 이야기를 끝도 없이 해댔다. 그때의 나는 소설가들의 문장만으로도 내내 이야기를 할 수 있는 사람이었다. 언제나 약간은 장난식으로, "그때의 나는 소설 광기가 장난이 아니었지" 하고 말하지만…… 정말 솔직히 말하면 나는 그런 시기를 가진 내가 굉장히 자랑스럽다. 그렇게 사로잡힐 수 있는 인생을 가진 내가 스스로 좋은 거다. 그리고 그것은 일정 부분 우정의 힘이었다. 무언가를 함께해주는 힘, 내가 어떤 배경을 가지고 있는지 그런 걸 전혀 개의치 않고 그저 내가 좋아하는 걸 같이해주고 들어주고 함께 걸어주는 절대적 감정. 그렇게 D는 진창에 빠진 나를 세상으로 다시 끌어올려 주었다. 갯벌 같은 곳이라 절대 나올 수 없다고 생각했는데, 그게 아니라고, 진흙 같은 것은 이렇게 털어내어 버리면 된다고, 친구는 모든 행동을 통해 그렇게 말해주었다. 나는 D에게 받았던 것을 후에 내가 좋아하는 친구들에게 그대로 돌려주려 노력하며 살아가고 있다. 그리고 나는 D 덕분에 오랫동안 잊었던 혐오 하나도 알게 되었는데, 바로 한국 사회의 성소수자에 대한 혐오였다. 사실 나는 외국어 전공자였고 때문에 내 주변 사람들은 대부분 외국 생활을 한지라 성소수자에 대한 인식이 다른 한국인들보다는 나쁘지 않았던 것 같다. 내가 이미 이십 대 초반에 공부를 했던 그곳은 한발 더 나아가 워낙에 젠더 인식과 연구가 이미 남다르게 뛰어난 나라다 보니(동성 혼인도 그때 이미 합법이었다), 나는 아예 그런 혐오 자체가 없다고 생각하며 살았던 것 같기도 하다. 친구가 겪는 일련의 사건들을 통해 나는 다시 이 사회의 그런 혐오에 대해 직시할 수 있었다. 그것은 놀랍게도 내가 여성으로서 겪었던 어떤 일들과 긴밀하게 맞닿아 있다는 걸 알았다. 그리고 그것이, 그러니까 이 우정의 힘이, 사랑으로부터 시작되고 또 그것 때문에 잠깐 벗어나 있던 소설과 연구의 방향으로 다시 다가가게 하는 계기가 되었다.

## 심지어 문학이
## 먹여 살리기도 한다

서울에서 가장 좋아하는 동네라면 역시나 은평구가 아닐까 싶다. 내 소설에도 여러 번 언급했지만, 뭐랄까. 부동산에 관심이 많은 사람 입장에선 별로인 동네일지 몰라도 내게는 참 매력적이기만 한 동네이다. 특히 산과 물을 좋아하는 나에게 있어서 불광천과 북한산을 끼고 있다는 건 이점이 있다. (지하철 몇 정거장 정도는 걸어 다니는 걸

좋아하기에) 별 일정이 없다면 영자원까지 걸어
갈 수 있는 동네라는 것도 매력이었다. 또 하나 이
동네를 좋아했던 건, 불광천에선 참 많은 친구들
을 마주쳤기 때문이다. 하루는 마감 때문에 흐린
눈을 한 채 불광천변의 24시간 카페를 지나고 있
었다. 뭔가 이상한 기분이 들어 하늘을 바라봤는
데 2층에서 L이 한숨을 내쉬며 멍하니 정면을 바
라보고 있었다. 나는 그런 L을 멍하니 바라봤고
이윽고 L이 나를 바라봤다. 그렇게 한동안 멍하니
서로를 바라보던 도중 갑자기 L이 내려오더니 내
게 맥주 페트병을 건넸다.

"아직 시원해."

다른 사람도 아니고 L이 그런 말을 하니까 나
는 이게 혹 무슨 문학적 의미가 있는 것인가를 고
심하게 되었다. 어쨌거나 이게 대체 무슨 전개인
가 싶었지만 나도 그냥 받기는 그래서 손에 들고
있던 수세미를 건넸다. 주로 불광천 다리에서 할
머니가 만드시는 수세미를 사곤 했기 때문에 그

날도 내 손엔 그게 있었던 거 같다. 우리는 다시 각자의 갈 길로 갔다. 나는 불광천을 걸었고 그는 아마 마감을 했겠지. 아직도 그가 왜 그 시간에 맥주 페트병을 가지고 카페에서 마감을 하고 있었는지는 모를 일이지만……. 그런가 하면 한번은 카페에서 시인 J의 반려견을 마주쳤다. 사실 카페에 앉아서 들어오는 사람의 얼굴을 빤히 보지는 않기 때문에 주로 바닥에 시선이 가는데 그러면 반려견들 얼굴 보기도 딱 좋은 각도다. 그날도 바닥을 유심히 보고 있는데 어쩐지 아는 개가 들어오고 있었다. 하, 이제는 강아지도 구면일 수 있는 은평구라니, 생각하며 내심 웃고 있었는데 그 개는 정말 아는 개였다. J의 반려견이었던 거다. 어쩐지 나를 보자마자 '어서 나를 만져'라는 당당함을 내뿜었는데 아무래도 J의 반려견에게도 내가 구면이었기에 그 입장에선 당연했던 거다. 이쯤 이야기하면 눈치챘겠지만, 은평구 도처에 작가들이 살고 있는 건 확실하고 나에게는 친구들이 살고 있어서 더 좋은 동네였던 건 확실하다. 오다가다 마주치며 무언가를 주던 친구들이 나를 실제 먹여 살린 것도 확실하고.

번외로 이 기회를 빌려 이제는 정말 평론가 C의 집에 있는 내 이삿짐이나 얼른 가져가겠다고 선언해야겠다. 이사를 하면서 영 내키지 않아 짐의 일부를 C에게 맡겼는데 그게 벌써 몇 년이 흘렀고 C는 내가 아는 세기의 착한 사람이라 절대 타인을 무안하게 하지 않는데 이제는 술자리에서 가끔 그 이야기를 꺼낸다(나라면 벌써 꺼냈을 텐데 일단 이것만 봐도 너무나 좋은 사람인 거다). 한번은 H의 축하 자리에서 이런저런 사람들과 함께 모였을 때 우연히 그 이야기가 나왔는데, 옆에서 그 이야기를 듣고 있던 모 여성 소설가와 또 다른 평론가 K가 말 그대로 박장대소를 터트렸다. 하긴, 남의 집에 방치된, 그러나 짐 주인 스스로는 가장 중요한 물건을 넣어두었다고 주장하는 몇 년 된 이삿짐이라니……. 특히 평론가 K는 이

사정을 잘 알고 있는 친구라 아직도 안 가지고 갔
냐며 우회적으로 평론가 C의 인내심과 인성을 칭
찬했다. K는 평소 돈이 부족한 주변 친구들에게
지원 사업 링크를 챙겨주는, 말 그대로 실제 먹여
살려주는 사람인 데다가 일도 나서서 하면서도
별말도 없는 묵묵한 스타일이다. 그런 K가 이런
말을 하다니, 정말 너무나 맞는 말이라 반격도 하
지 못한 채 소주를 한 잔 삼킬 수밖에 없었다. 그
러면서 이삿짐 센터에 보관하여 걸맞은 돈을 지
불했다면 과연 내가 그 물건들에 대한 사랑을 이
렇게 유지할 수 있었을까, 이런 생각에 빠져들었
다. 그러자 짐짓 고마움과 미안함이 보관료만큼
이나 다시 한번 치솟았고 나도 모르게 선심 쓰듯
C에게 이런 말을 할 수밖에 없었다.

"마감을 하다 스트레스 쌓이면, 뭐 거기서
예쁜 그릇도 꺼내 쓰고 그래. 거기 예쁜 거 있
어…….."

그렇다. 거기엔 고작 예쁜 그릇 세 점과 볼라뇨

전집이 들어 있었다. 짐의 내용물이 더 황당했던지 내 말에 소설가는 다시 한번 웃음을 터트렸고 왜인지 이삿짐 보관 기간은 좀 더 연장되었다. 확실히 우정은 여러 방면에서 사람을 잘 먹여 살린다.

## 이제 가자, 아키코

    비문학 영역의 첫 탐구자가 추천하여 읽었던 책은 『쇼쇼쇼-김추자, 선데이서울 게다가 긴급조치』(생각의나무)였다. 이 책은 젊은 나이에 요절한 문화 연구자이자 비평가인 이성욱의 저서로, 어떻게 보면 인문 에세이처럼 읽기 쉬우면서도 나태하지 않은 문화사에 대한 이야기가 빼곡한 책이다. 처음 이 책을 열었던 순간을 기억한다. 이

책의 초반부에서는 이성욱이 어린 시절 영화관에서 영화를 보던 때를 이야기하는데, 그가 말하는 극장의 광고(빠다코코낫)나 껌을 파는 소년 같은 이미지는 내가 경험해보지 못한 것임에도 순식간에 그 자리, 그 공간, 그 시대로 휘말리는 것만 같았다. 나는 어느 순간 영화를 보는 이성욱의 옆자리에 앉아 있었다. 그때부터였다. '문제가 커지고 있구나'를 느낀 것이. 간혹 사랑에 빠질 때, 내가 정말 사랑에 빠진 건지 사랑에 빠진 후 성실한 내 모습을 좋아하는 건지 모를 때가 있다. 상대의 관심을 끌고자 했던 일이 내 관심사를 만들게 된 게 바로 그런 때였다. 절판된 그 책을 빌려 읽은 후, 그 책 안에서 1970~80년대의 문화사의 단면을 알아버린 뒤, 그리하여 여성 노동자의 시위에 대해 의아함을 가지게 된 뒤, 김추자라는 가수가 어떻게 나타나고 사라지게 되었는지 그 구조를 어렴풋이 느끼게 된 뒤…… 나는 청계천 일대를 돌면서 그 책을 찾아 나서게 되었다. 나는 이제 그전으로 돌아갈 수 없다는 막연한 감각 속에서 내가 이성욱의 글을 사랑하게 되었음을 알게 되었다. 그것은 내가 글만을 통해 저자와 내가 완전히 일치되는 기이한 경험을 해서였다.

후에 이 경험으로 나는 「괴수 아키코」(『소녀 연예인 이보나』)를 썼다. 「괴수 아키코」는 한 인간의 머릿속에서 다시 살아난 저자와 책에 대한 이야기이다. 솔직히 말하면 「아키코」는 내게 이성욱을 알려준 연인과 헤어지고 한참이나 지나서 쓴 것이었다. 청탁이 없는 상황에서 나는 생계를 위해 취직을 했고, 이제 더는 소설을 쓰지 않을 거라는 마음으로 이미 세상에 없는 저자와 나를 일치시키며 쓴 소설이었다. 마지막 부분은 내가 석사 때 했던 메타픽션 연구를 떠올리며 이 모든 것이 다 거짓이라고 쓴 것인데, 앞서도 말했지만 많은 것을 숨기며 드러내는 내 소설 속에서 그 말은 곧 "이것이 나의 모든 진심이자 진실이다"라는 선언이었다. 그건 내 삶의 자세이기도 하다.

자꾸만 자주 휘발되는 가치에 관한 것, 내가 가장 가치 있다고 생각했던 것들이 지나가는 시간에 의해 가치 없음이 되어가는 것. 그리고 그것을 소설 속에서 지켜보고자 했던 나. 여전히 내 안에서 가치로 남겨져 있지만 타인들에 의해 무가치해지는 무언가에 대해 써보고자 했던 것이다. 그리고 마지막에 쓴 "이제 가자, 아키코"라는 문장은 내 인생의 다른 부분으로 넘어가려는 마음이었다. 그 책과 저자를 내게 줬던 사람의 깊은 연애가 나를 훑고 지나갔고 한동안 그곳에 고여 있던 내가, 소설을 너무나 사랑했지만 이제 그 또한 더는 쓸 수 없다고 생각했던 내가 그러거나 저러거나 삶을 살아가보고자 쓴 것이었다. 소설이 끝나도 사랑이 끝나도 저자가 죽어도 그 글을 사랑하는 나 같은 사람이 있을 것처럼, 그냥 나아가보고자 했었다. 그러면 사랑은 또 배울 수 있을 거였다.

어차피 내게 사랑은 비문학 영역이었으니까.

## 비문학 영역 전문가

하여간 사랑 때문에 망하는 사람이 바로 나였는데 망함 전문가라고 하면 인생이 정말 망한 것처럼 보이니까 비문학 영역 전문가라고 스스로를 명명하기로 했다. 그런데 실제로 내 인생은 망하지 않았다. 사랑이 지나갔을 뿐이지, 나는 그들로부터 많은 걸 얻었고 그렇게 설정된 내가 꽤나 마음에 든다.

나는 어떤 연구를 하는가, 많은 질문을 받았는데 진짜 지금도 이걸 말하기가 너무 민망하다. 연구를 그렇게 오래하신 분들이 많은데. 물론 무슨 소설 쓰세요? 이것도 여전히 말하기 민망하다. 내가 그런저런 말을 하기에 적당한 이력을 가지고 있는가? 이건 어떤 사회적인 인정을 말하는 게 아니고 나 스스로에 대한 인정을 말하는 것이다. 하지만 에세이를 쓰며 이런 각오를 했다. 그래, 말해보자.

나는 사랑에 관한 연구를 한다. 진짜 이상한 말인데 이게 설정이 아니고 진짜다. 정확히 말하면 '낭만적 사랑'으로 '개발'된 사랑의 개념이 국가와 제도에 어떻게 이용되었는지를, 원작 소설과 영화/드라마 텍스트를 비교함으로써 파악하고자 노력 중이다. 나는 기본적으로 내가 궁금한 걸 해소하는 게 좋은 사람이다. 소설도, 연구도 그런 연장선상인데 처음에 했던 작업은 아주 넓게 정상 가족과 결혼의 가치관 변화를 위의 텍스트들에서 찾고자 했다. 그런데 역시나 잘된 텍스트는 굉장히 많은 의미와 해석의 여지를 갖고 있고 사회, 역사적 맥락과 떼어놓고 볼 수가 없다. 어쨌거나 나도 아직 열심히 공부하는 중이라 더 말할 순 없고 그저 아직까지는 너무나 재밌게 하고 있다는 정도다. 그리고 이 충만함 덕분에 나는 나아가고 있다. 이런 걸 보면 정말 사랑 때문에 망하는 게 뭐 어떤가 싶다. 비문학 영역 전문가의 말이니 믿어도 좋을 것이다.

3부

환승 신호
: 오래 살아서 더 자주 환승해야지

## 환승 일기

중학생 시절 제로보드로 홈페이지를 만들어 CLUB H.O.T의 언니들과 알게 되었을 때, 내 이름은 '붉은카라'였다. 붉은카라는 당시 이미 대학생이 된 팬클럽 언니들과 서울에서 가끔 만났고, 언니들은 그때마다 근사한 것들을 보여주고 들려주었다. 언니들이 보여주었던 프리다 칼로의 그림, 영화 〈라스베이거스를 떠나며〉나 〈복수는 나의 것〉, 〈릴

리 슈슈의 모든 것〉과 〈푸른 불꽃〉을 떠올리며 감상문을 홈페이지에 올렸고 언니들은 댓글로 칭찬과 감탄을 아끼지 않았다. 이 모든 용기는 나에게 좋아하는 것들을 붙들어 써보는 시간을 갖게 했다. 팬픽션(팬픽)을 쓰기 시작한 것이다. 실제 붉은카라의 팬픽은 꽤 인기였으나, 아쉽게도 현실의 한정현이 고등학교 입시를 준비하다 보니 어느 순간 그 세계에서 하차해야만 했다. 아직도 내가 그날 쓴 공지 글이 기억난다.

"개인적인 사정으로 연재는 중단합니다. 깊은 고민 끝에 내린 결정이니 존중 바랍니다."

아마도 팬클럽 공지사항에서 본 걸 흉내낸 것 같다. 물론 그 밑에 달린 댓글도 기억한다. "아니 붉은카라님. 너무 무책임하시네요. 다음 회라도 올려주세요!" 나는 처음으로 책임감이라는 단어를 떠올렸던 걸까? 누군가 나를 기다렸다는 것이 마음이 벅차도록 신기하고 감사했던 것일지도 모른다. 하지만 나의 생각에 사랑이란 철저히 교육적인 감정이라,

그때까지 어떤 사랑을 경험해본 적이 없는 나는 그런 감사의 마음을 글로 아직 표현할 줄 몰랐다. 그저 다시 점잖게 댓글을 달았다. "개인적 사정입니다. 지금까지 제 글을 사랑해주셔서 감사합니다."

아마 이것이 내가 만든 이름에 내가 만든 세계가 지어지고 닫혀지는 첫 순간이었던 것 같다. 참, 지금 생각해도 좀 기이한 게 하나 있다. 난 분명 H.O.T 팬이었는데 신화 팬픽을 썼다는 것이다. 이유는 사실…… 내 최애를 쓰면 너무 과몰입이 되어서 거리두기가 되지 않았기 때문이다. 사실 소설을 쓸 때도 개인적으로 제일 중요하게 생각하는 것이 바로 이 거리감이다. 이것은 소설에서 내 경험을 썼는지 상상에 기인한 서사만 짰는지, 이런 것과는 관련이 없다. 실제 내 이야기를 썼다고 할지라도 대부분의 작가들은 아마 일정한 거리감을 유지할 것이라고 생각한다. 그런데 그 시절 내가 이런 걸 알았을 리는 없다. 그러니까 이건 작법 없는 세상에서 거리감을 깨닫게 된 첫 경험이었던 것이다. 그러나 작법과 책임감을 통감하고서도 나는 붉은카라의 세계를 종료한 지 몇 달 만에 기어이 다른 세계를 열고야 말았다. 인간의 근원을 찾는 모험을 시작하는 존재에 대한 판타지 소설을 시작했던 거다. 연재하던 시기에 내 이름은 '프란디안'이었다. 이건 합성어인데, 전민희 소설의 『태양의 탑』(제우미디어)에서 내가 가장 좋아하던 커플인 '프란디에'와 '안'의 이름을 따서 만든 거였다. 이렇게라도 둘의 사랑을 이루고 싶었던 K-고등학생의 노력이 가상한 이름이었다. 그러나 역시 프란디안도 한정현의 대학 입시에 밀려 사라지고 말았다. 그러고 보니 항상 승자는 한정현이었다는 사실이 마음에 걸린다. 지금도 그러한데, 그래서 결국 이렇게 한정현이라는 이름으로 에세이까지 쓰고 있으니……. 한정현의 세계는 누군가 무한 리필이라도 해주고 있는 것일까. 아니면 어떻게든 예술가의 삶을 막고 싶었던 주희가 정현이의 메이트가 되어버린 걸까.

주희

어쩌다 보니 어린 시절 썼던 글에 대한 이야기도 해버렸는데, 이미 한 건 어쩔 수 없다는 평소 내 신념에 따라 이번엔 『소녀 연예인 이보나』 이야기를 좀 해볼까 한다. 아무래도 그 단편집 이라고 하면, 「우리의 소원은 과학 소년」(이하 「과학 소년」)을 가장 많이 떠올릴 듯하다. 감사하게도 젊은작가상을 받으며 많은 분들에게 가닿게 되었으니까. 그런데 나는 사실 『소녀 연예인 이보나』
(이하 「이보나」)가 상을 받을 줄 알았다. 그래서
「이보나」가 상을 받지 못하고 그해가 지나간 이
후엔, 아예 수상 자체에 관심을 갖지 않았다. 물
론 그러든 말든 「과학 소년」이 상을 받았을 땐 정
말 무척 기뻤다. 그러니 그건 작품성에 기인한 판
단은 아니었다. 어떤 작품이 좋고 나쁜지 사실 나
는 잘 모른다. 다만 「이보나」, 그리고 「괴수 아키
코」(이하 「아키코」), 「과학 하는 마음」 같은 작품
들은 유독 나의 애정이 가득 담긴 작품들이다. 특
히 『소녀 연예인 이보나』는 한동안 소설을 쓰지
못하다가 다시 소설을 쓰기 시작한 후의 첫 작품
이고, 알 사람은 다 알겠지만 이 소설 속 주희는
실제 내 할아버지의 이름에서 가져온 것이다. 아,
이 이야기를 꺼내니까 떠오르는 것이 하나 있다.
이제는 아예 읽지 않는 알라딘 리뷰를 보던 때가
있었다. 하루는 이런 질문을 발견했다. '대체 왜
할아버지에게 이름을 부르죠?' 나는 그 리뷰가

싫다거나 별로라서가 아니라, 정말 신기해서 계속 읽었던 기억이 있다. 왜 할아버지에게 이름을 부르면 안 되는 거죠? 나는 이런 답을 달아주고 싶었지만 당연히 혼자만 생각했다. 사실 이와 비슷한 경험은 아주 어린 시절부터 반복된 것이었다. 학교에 들어가보니 교과서에선 엄마들이 모두 집안일을 하는 사람으로 묘사되어 있었다. 우리 집은 맞벌이였고, 엄마가 더 바빠서 아빠가 집안일을 많이 했다. '이거 사실이 아닌데요?' 담임선생님에게 이렇게 말했더니, 왜인지 '어디 가서 아빠가 설거지한다는 말, 하지 말아라'라는 경고를 받았다. 왜죠? 나는 실제 집에서도 주희에게 존댓말을 쓰지 않았다. 주희는 내가 아는 가장 특색 있는 인물이라, 할아버지라는 지칭 대명사에 욱여넣을 수가 없었다. 주희는 주희였는데 뭐 어떻게 하지? 할아버지가 아니라 한주희 그 자체의 인물이었다. 연좌제 때문에 아닌 척하고 있었지만 실은 죽을 때까지 주희를 포기하지 않은 주희. 그건…… 여기서는 밝힐 수 없지만 주희가 남긴 유언만 봐도 알 수 있다. 그래서 나는 주희를 더 크게 불러주겠다는 마음이 들어 그 소설을 쓰기 시작했다.

'멀쩡히 대학을 다니다 영문도 모른 채 끌려와 연좌제가 해제되던 1985년까지 집 안에서 숨죽인 채 자신의 이름이 불리는 것을 포기한 주희에게.'

이런 편지보다 아마 내 소설 『소녀 연예인 이보나』가 백만 배쯤은 더 솔직한 말들을 했을 것이다. 그것은 확실하다. 「아키코」에서 '이 모든 건 거짓말이다'라고 했던 문장이 실은 '이 모든 건 진실이다'로 쓰였던 것처럼 말이다.

# 환승 신호

여기까지 오면 눈치챘겠지만 소설 속엔 내 이야기가 많다. 그런데 항상 저런 식으로 새로운 이름으로 환승한 뒤 쓴다. 제인도 마찬가지다. 제인은 정해진 모델이 있다. 내가 아는 세기의 다정한 사람. 하지만 소설 속 제인 또한 절반은 내가 만들어낸 기억의 제인이다. 나는 사실 그래서 소설이 좋다. 숨어서 모든 걸 다 말할 수 있어서. 아무도 상처받지 않고, 누구도 쉽게 동정을 받거나 연민을 만들어내지 않으며, 나 또한 상처받지 않고 좋아하는 것들을 잔뜩 살려낼 수 있다. 이건 분명 성격 차이겠지만, 나는 아니 에르노와 같은 글쓰기는 평생 못 할 거라고 생각한다. 다만, 제발트처럼 자신의 의견을 타인의 이야기 뒤에 숨어서 적극적으로 드러낼 수는 있을 것이다. 그런데 에세이는…… 대체 어떤 이름으로 써야 할까, 싶었지만 에세이는 이제 무조건 한정현으로 써야 한다. 계약을 한정현으로 했기 때문이다. 하지만 과연 나는 이번엔 환승하지 않을 수 있을까. 내 머릿속엔 아직도 환승할 이름들이 무수하게 남아 있는데……. 에세이를 쓰고 있는 뻘쭘함을 이겨낼 새로운 이름이 저기 있다고, 벌써 환승 신호가 오고 있는데…….

## 제인에 대하여

소설을 쓸 때, 초반 집필 시간은 짧을지 몰라도 전후로 그걸 생각하는 시간은 굉장히 긴 편이다. 등단작 같은 경우도 초고를 쓰고 삼 년간 퇴고를 했을 정도이고, 장편 소설들도 몇 가지 버전으로 다시 쓰고, 또 쓰는 경우가 대부분이다. 많은 작가들이 그러하겠지만, 퇴고가 없거나 사유 과정이 없는 소설 쓰기는 상상하기가 어렵다. 나의 경우는 인터뷰나 자료 조사가 추가될 듯한데, 특히 자료는 웬만하면 국립중앙도서관에 직접 가보는 편이다. 조금 특이한 취향으로는 예전 신문을 보면 마음의 안정과 평안이 찾아오기 때문도 있는데, 그러한 이유로 소설이 아닌 일로도 가끔 그곳에 간다. 그리고 그날도 그런 날들 중 하나였던 것 같다. 하지만 무슨 생각에서였는지 나는 제인이 죽은 날의 신문을 찾았다. 사실 제인에 대해서는 굳이 자료를 찾지 않고 있었다. 피했다, 라는 말이 옳을 텐데 그날은 무언가 자신감이 있었던 것이다. 등단 전, 제인과 친구였던 정지아 작가님에게 한번 들은 기억을 떠올려서일 수도 있다. 작가님은 90년대 학생운동에 대한 이야기를 하다가, 제인에 대해 이야기했다. 아니, 그 반대일 수도 있는데 친구에 대해 이야기하다 그랬는지도 모르겠다. 그날의 나는 그 이야기를 들으며 몹시 슬펐지만, 십 년의 시간이 흐른 후에는 그때 들은 이야기 중 일부를 『소녀 연예인 이보나』에서 변용

해서 서사를 만들기도 했다. 그러니까, 나는 이제 제법 내가 제인에 대해 대면하고 탐구할 수 있다고 자신만만했던 것이다. 이미 거듭 환승했으니, 일곱 살의 그 의문점들로부터 나는 제법 멀어졌다고 생각한 것이다. 사람들이 흔히 말하는 것처럼 기억이나 슬픔도 옅어지는 거겠지, 하며. 그러나 어떤 기억과 슬픔은 영원히 옅어지지 않는다는 것을 나는 몰랐다.

신문은 그 어떤 평가를 하지 않는 정보성 기사가 실린 것만 찾아보았고, 그러니 거기엔 무슨 혐오도, 규정도 없는 사건 기술 형식이었는데⋯⋯. 나조차도 놀랐던 건, 그날 내가 그 기사를 보고 오열했다는 것이다. 그저 '죽었다'라는 말을 썼을 뿐인데, 나는 그걸 보고 그 자리에 주저앉았다. 그런 생각을 했다. 우리 모두 이 사람의 죽음에 아무 준비도 되지 않았는데 왜 이걸 선언하나요⋯⋯. 당신들이 뭘 안다고 이런 걸 하나요. 나도 모르게 그런 생각이 들었다. 하지만 또 한편으

론, 누군가 나에게 '당신이 국가폭력 피해자야?'
하면 나는 그렇다고 말할 수 없을 것이다. 국가
폭력 피해 당사자의 범위가 유독 좁은 이 나라에
서, '그럼 너는 뭘 아냐?' '너는 뭘 안다고 쓰냐?'
한다면 나는 할 말이 없을 것이다. 그저 한 발자
국 떨어진 곳에서 그들이 망가지고 지치고 서로
를 할퀴고 무너지는 것을 보았을 뿐이라고, 그렇
게 내 인생의 어느 부분은 완전히 그것에 사로잡
힌 채였다고, 누군가가 보기엔 아무 연관도 없어
보이는 어린아이의 마음 한편도 완벽히 부서졌다
고밖엔, 그것이 폭력이라고밖엔…… 말할 수 없
을 것이다. 그리고 그런 마음으로, 그 의구심으로
썼던 소설들이 「오늘의 일기예보」나 「쿄코와 쿄
지」 같은 것이었다고. 그러니, 나는 그런 식으로
쓸 수밖에 없었다고 말이다.

그날 나는 나의 글쓰기에 대해 많은 생각을 해
야 했다. 나는 내가 인터뷰하고 내가 공부한 피해
자들에 대해 항상 최대한의 조심성을 가지고 있

다고 생각했다. 이 정도의 물러난 시선으로 말하면 감히 내가 오만하게도 그들의 마음을 짐작하지 않았다고 자신할 수 있겠지, 이렇게 스스로를 안심시켰던 것 같다. 하지만 그날 알았다. 그 어떤 태도도 그 마음을 전부 헤아릴 수 없다는 것을. 모두가 자신의 이야기가 공개되는 걸 원치 않듯이…… . 반면 정지아 작가님이 그 이야기를 해줬을 때의 나는 왜 어떤 '화'에 기인한 눈물을 흘리지 않았을까, 이런 생각도 해야 했다. 분명 슬펐으나 그 이야기를 들을 때의 나는 고마운 마음까지도 들었었다. 가족이 모르는 제인의 모습에 대해 들었고 누군가 그를 기억해준다는 게 너무 고마웠던 것이다. 이 간극이 뭐였을까. 이 생각은 그날로부터 멀어진 오늘까지도 계속 이어지고 있다. 그러나 그럼에도 불구하고 써야 한다면, 과연 내가 어떤 방식으로 해나갈 수 있을지를 생각하지 않고 쓸 수는 없을 테니까.

낙관도 비문학 영역일까,
탐구가 필요하다


낙관에 대한 이야기를 좀 해야 할 것 같았다. 소설 이야기를 한다고 하면 말이다. 사실 이건 『젊은작가상 수상작품집』에 실린 작가의 말에서도 했던 거라 다시 하게 될 줄은 몰랐는데, 나는 낙관이 좀 오해받고 있는 단어가 아닌가 싶다. 물론 그도 그럴 것이 항상 낙관은 조심해야 하는 양면의 단어인 것은 사실이다. '잔혹한 낙관주의'는 로렌 벌렌트의 『잔혹한 낙관주의』에서 가져온 단어로, "대상의 상실에 앞서 미리 그것에 대한 애착을 간직하는 상황"을 말한다. 문제는 이렇게 만들어진 애착이라는 것의 대상이 꽤나 합리적이지 않을 때이다. 쉽게 말해서 부당한 환경임에도 그것에 대한 인지가 부족해지는 것이다. 그 부당함 외 다른 요소에 대한 애착을 심어줌으로써 상황을 지속하게 만들었기 때문이다. 가령 누구든 노력하면 행복해질 수 있다는 인식을 심어주는 것으로, 자본주의 사회 안에서 이는 신자유주의를 변호하게 만든다. 이 잔혹한 낙관주의에 놓인 사람들은 현실을 희생하면 밝은 미래가 올 것이라 생각한다. 그리고 사실 그런 점에서 보았을 때 내 소설 속 인물들과는 거리가 멀다. 잔혹한 낙관주의는 자기 자신으로 사는 것의 정반대에 위치해야 하기 때문이다.

그럼에도 불구하고 내가 낙관이라는 단어를 사랑하고, 그 낙관을 쓰고자 했으며 앞으로도 포기하고 싶지 않은 것은 한편으로는 내 소설의 인물들이 오히려 그러한 잔혹한 희망이나 낙관과는 너무 거리가 멀기 때문이다. 그건 내가 역사적 사실을 바탕으로 소설을 쓰기 때문에, 특히나 국가폭력 피해자가 그 중심에 있기에 더욱 그러할 수밖에 없다. 이미 국가나 사회에서 떨어져나간 이 개인들은 애당초 이 잔혹한 낙관주의와는 부합하지 않는다. 다만 나는 어떤 불행을 가진 사람들이 일평생 내내 불행하게 살진 않았다고 생각한다. 물론 소설은 역사와 달리 어떤 사실을 열거하는 게 아니라, 그걸 펼치기에 인물들의 이야기가 상대적으로 밝게 느껴질 수는 있을 것이다. 그러나 아무리 살펴봐도 이들이 낙관할 만한 구석이 없는 건 사실이다. 그러니까 오히려 잔혹한 낙관주의로 내 인물을 살펴본다면, 이들이 '낙관하자'고 하는 것은 그저 아이러니에 지나지 않을 것이다. 하지만 그렇기에 나는 이들이 '잔혹한 낙관주의'가 아닌 '낙관'을 말할 수 있다고 생각한다. 이걸 작법 용어로는 '낯설게 하기'라고 표현할 수 있을 것이다. 의미의 낯설게 하기, 정도. 하지만 나는 이걸 단어의 환승이라고 부른다.

기존의 의미가 문학 안에서 환승되는 것. 사실 문학 안에서는 의미의 환승이 용이하다. 하지만 현실에서 들여다봐도 그렇긴 하다. 가령, 은희경 작가의 『행복한 사람은 시계를 보지 않는다』(창작과비평사)라는 소설의 제목처럼 진심으로 행복한 사람은 사실 시간을 신경 쓰지 않는다. 그러나 무언가를 견뎌야 하고, 또 어떤 것을 참아야 하는 사람들에게 시간은 정말 끝도 없이 지루하게 흘러가고, 이럴 때 인간은 자주 시계를 확인하게 된다. 내가 생각하는 낙관도 마찬가지였다. 나는 어떤 때에 '낙관하자'라는 말을 사용했을까를 생각했을 때, 그건 주로 불행할 때였다. 잔혹한 낙관주의에 갇혔을 땐 도리어 모든 것이 희망적이었기에, 역으로 낙관이나 희망이라는 단어를 떠올리지도 않았다. 하지만 나는 언제나 살고 싶었고 살아야 했고 주변 친구들을 살리고도 싶었다. 그런 이유로, 폭력에 폭력으로 대항하는 것 말고 다른 무언가가 없을 것인가를 항상 생각했던 것 같다. 그렇게 내린 결론은 이거였다. 잔혹한 낙관 말고, 진짜 '살아갈 것'이라는 낙관. 그게 필요하다고 생각했다. 현실을 제대로 인지하면서도 삶의 끈을 놓지 않는 무언가로서의 낙관 말이다.

어쨌거나 오늘도 생각한다. 이 글을 쓰면서도, 소설을 쓰면서도. 낙관할 수밖에 없다고.

## 단짝 유령

    이름은 자주 환승하는데 결코 환승이 안 되는 것들이 내게는 몇 개 있다. 몇 개 있지만 가장 먼저 소개해야 할 존재는 바로 이분이시다. 나에게는 어린 시절부터 보이는 유령이 하나 있는데, 사실 너무 자주 보다 보니까 나는 그 유령을 '단짝 유령'이라고 이름 지어줬다. 너무나 자주 등장해서인지, 아니면 마치 영화 〈고스트 스토리〉의 주인공 유령처럼 너무나 아무것도 안 해서인지 나는 유령을 전혀 무서워하지 않게 되었다. 아니, 그걸 넘어서서 가끔은 이 유령이 나와 커피라도 한잔 마셔주길 바라게 되었다. 과묵해서 내 비밀을 절대 말하지 않을 것처럼 보이기 때문이다. 게다가 나는 주희가 보여준 사진 속에서 그 유령과 비슷한 얼굴을 본 적이 있다. 그 얼굴은 주희의 가족이었기 때문에 나는 내적 친밀감이 좀 더 생겼고 주희가 좋아하는 사람이 나를 해코지하지 않을 것이라는 이상한 믿음도 있었다. 심지어 가위에 눌리다가도 '아 저리 가라고!' 하면 단짝 유령은 곱게 물러난다. 웬만하면 단짝 유령도 다른 사람으로 환승할 때가 되지 않았나 싶어 환승 기술을 알려줄까 싶기도 하지만, 본인의 의향을 모르니 그런 건 함부로 할 수 없다. 물론 이게 사실 맞는 말인지는 잘 모르겠다. 왜냐면 그게 유령이 아닐 수도 있으니까. 그저 어떤 환영 같은 걸 자주 보다가 든 생각인지도 모른다. 어쨌거나 이렇게 환승이 안 되는 요소들이 내 생활에 몇 가지 있다. 단짝 유령과 버금가는 환승 불가 영역이라 하면, 바로 '취향'이라고 할 수 있을 거다. 팬픽을 쓰기 전, 중1 때는 판타지를 썼었다. 이건 어쩌면 SF를 썼던 서구의 여성 작가들과 비슷한 이유에서일지도 모르겠다. 그러니까 공간과 시간의 제약이 사라지고 시대의 억압과 차별을 한순간에 뛰어넘을 수 있는 그런……. 유치원이든 학교든 진심으로 끔찍하게 별로였던 나는 급속히 어깨가 처지는 기분으로 집으로 돌아왔고, 항상 다른 세계 속으로 들어가고 싶었으니까. 말도 안 되게 누군가를 따돌리는 아이들이나 성적순으로 사람을 평가하는 선생님들이 있는 그런 세계 말고, 내가 원치 않는 시간에 밥을 먹어야 하는 장소 말고, 엄마는 설거지를 하고 아빠는 돈을 벌어 오는 게 화목한 가족이라고 배우는 바른생활 교과서를 읽어야 하는 그런 시간 말고, 그 모든 것이 전혀 없는 세계로 가고 싶었다. 아쉽게도 당시엔 인터넷이란 개

넘이 없었고 하이텔, 나우누리 이런 것들만이 있던 시기였는데, 심지어 그것도 우체국 컴퓨터로만 할 수 있었다. 물론 하겠다고 마음먹으면 집에서도 할 수 있었고 컴퓨터도 있었지만, 당시의 모뎀이란 개념은 전화선으로 사용하는 거라 그걸 접속하는 순간 집전화가 아예 안 되기 때문에, 엄마에게 걸리지 않을 방법이 별로 없었다. 나는 학원을 마치면 얼른 우체국으로 뛰어가서 모뎀에 접속했다. 하이텔과 나우누리에 골고루 접속하여 내가 본 것은 흑마법 동과 판타지소설 동이었다. 판타지소설 동은 진심으로 치열한 곳이었다. 그만큼 소설을 좋아하는 사람들, 아니 무언가를 좋아하는 사람들이 내뿜는 에너지는 대단한 거였다. 나는 오로지 소설 빼고는 관심 없는 사람들이 좋았던 것 같다. 그곳에서 내가 처음으로 본 소설은 이상균 작가의 『하얀 로냐프 강』(제우미디어)이었다. 아니, 솔직히 말하자면 하이텔이든 나우누리든 정말 많은 소설을 읽었는데 맨 처음 마음에 든 소설이었다고 생각하면 될 것 같다. 이유는 하나였다. 여주인공이 굉장히 사랑에 용감한 사람이었고, 나는 그런 여주인공의 사랑을 지지하고 싶었기 때문이다. 이젠 이 소설의 정확한 내용은 기억이 나지 않지만, 세상에서 가장 연약해 보이는 사람이 사랑을 지키기 위해서 자신의 신체마저도 내던지는 내용이었다. 사실 지금이라면 '하, 위험한 재현입니다……'라고 할지도 모르겠는 데다, 사실 그 내용은 추측건대 성서로부터 가져온 것 같았지만, 당시엔 물론 이런 생각조차 없었다. 그저 어린 시절부터 시스젠더 헤테로였던 내 기준은 딱 그거 하나였다. 여성 캐릭터가 얼마나 주체적인가. 남주인공은 세상을 구하든 말든 일관되게 별 상관이 없었다. 사실 판타지소설을 좋아하는 사람들이 명작으로 꼽는 이영도 작가의 『드래곤 라자』(황금가지)만큼이나 나는 『퓨처 워커』(황금가지)라는 소설이 좋았는데, 네리아라는 주체적인 여자 캐릭터가 정말 매력적이었다. 물론 얼마

전 강의 때문에 이영도 소설을 다시 읽어볼 기회가 있었고 내가 이영도 소설을 좋아했던 이유가 또 있었다는 걸 깨달았다. 그건 바로 이영도 소설 속 특유의 비인간 존재에 대한 인정과 우리가 상식이라고 생각하는 보편을 부지런히 뒤집는 태도였다. 아무튼, 이러나저러나 나는 남자주인공이 단독으로 뭐든 해결하는 소설보다는, 여자나 비인간이 주인공인 소설이 좋은 것 같다. 이 취향은 환승이 잘 안 된다. 내 단짝 유령이 여전히 단짝인 것처럼 말이다.

# 흥미 대출 정지 구간

아무리 이름 환승을 즐겨하며 즐거움을 자주 연장하는 나라고 해도, 한 번씩은 이런 시기가 찾아온다. 그러니까 나태하게 화면을 바라보는 나를 발견하는 나. 그렇다. 이제 더는 마음에 드는 소설을 찾기가 어려웠다. 아마 소설이든 영화든 좋아해본 사람은 알 것이다. 어느 순간이 오면 뭔가 정체기가 온다. 좋은 소설, 좋은 영화, 좋은 드라마를 찾기가 힘들다. 나는 이걸 흥미 대출 정지 구간이라고 부른다. 너무 많은 흥미를 이미 당겨썼고 세상은 그걸 눈치챈 후, 나에게 그 한도가 넘어버려서 잠시간은 대출이 불가하다는 통보를 한 것이다. 그리고 더 많은 흥미를 찾으려면 이미 맛본 흥미보다 더한 흥미가 필요하기 때문에, 그 대가값이 폭등한다. 좋은 책을 읽기 시작하면 이후엔 더 좋은 책을 읽어야 하는데 그것은 정말 쉽지 않기 때문이다. 즉, 대출이자 금리가 치솟기 시작한 것이다. 흥미 대출 정지가 찾아온 나는 처음에 무척 당황한다. 흥미 대출 정지가 무서운가 실제 대출 정지가 무서운가는 당연히 비교할 대상이 아니다. 중요한 건 이미 대출이 별로 잘 되지 않는 나 같은 직업은, 실제 은행 대출 정지까지 가기도 힘드니 흥미 대출 정지가 조금 더 실질적 위협이라는 것 정도만 말할 수 있을 것 같다.

대출 정지가 오면 제2 금융권을 찾는 것처럼, 나도 흥미 대출 정지에 맞서 새로운 방법을 모색

했다. 대부분 그렇긴 한데 너무 급한 나머지, 내가 찾은 방법이 잘못된 것인지 위험한 것인지도 알지 못한다. 그게 정말 얼마나 위험한 것인지, 누군가 흡연 경고문처럼 붙여두었으면 좋았을 텐데…… 흥미 대출 정지가 풀리는 게 중요했던 나는 엉겁결에 위험한 선택을 한다. 그건 바로 내가 직접 소설을 쓰는 거였다. 노트북 따위가 있을 리 없고 세상 할 일이 가장 많다는 중학생이었던 나는, 노트 한 권에 직접 손으로 글을 쓰기 시작했다. 참고로 『마고』를 쓸 때도 느꼈는데 나는 뭔가 세계관 하나를 마련해놓고 마음에 드는 인물이 생기면 멈추기가 힘들다. 글이 안 써지는 게 아니라 빨리 이 인물의 미래를 알아보고 싶어서 끝없이 쓴다. 결국 밤새워 노트 한 권을 털어 썼고 두 번째에 진입했다. 이걸 다 쓰면 나도 연재를 시작해봐야지, 이런 생각을 했었다. 그리고 세 번째 노트에 진입했을 때 잠이 부족한 나머지 길에 세워진 트럭에 머리를 부딪쳤다. 머리를 부딪치는 바람에 엄마에게 모든 걸 들키게 되었다. 초등학교 가출 사건 이후 내가 잠잠해진 줄 알았던 엄마는, 잠시 동안 자신이 결코 말릴 수 없는 짱구를 키우는 짱구 엄마와 비슷한 운명이라고 여겼던 것 같다. 너를 누가 말리겠니, 하던 엄마는 돌연 운명을 개척하기로 마음먹고 이내 내 노트를 압수했다. 물론 엄마가 나의 첫 습작 노트를 버리지 못했다는 걸 알고 있다. 엄마는 내가 쓴 어떤 것도 버리지 못한 사람이니까. 엄마는 자신의 자아를 엄마라는 이름 뒤에 숨기고 내 노트를 숨겼다. 정작 그 존재를 잊은 사람은 나였다. 흥미 대출 정지 구간이 풀렸고, 나는 오만 군데의 흥미를 마음껏 끌어다 쓰기 시작했기 때문에. CLUB H.O.T 활동을 하느라 바빠졌고 신화 팬픽을 쓰며 과몰입의 쓴맛이 시작되었다.

생각해보면 이런 환승의 습성이 오늘날의 소설 쓰는 나를 만들어낸 게 아닌가 싶다. 나는 여러 개의 아이덴티티를 가지고 있지만, 작가라는 아이덴티티만 두고 본다면 나는 흥미를 당겨쓰고 빌려 쓰는 인간인 데다가, 흥미가 사라지면 그걸 내가 직접 만들어서라도 지루함을 이겨보고자 하는 존재다. 하지만…… 쓰고 나서 생각해보니, 결국 여러 개의 환승을 거쳐 내가 다다른 곳이 소설이라니……. 아, 이마저도 나는 조금 식상한 건가. 이제 소설 다음에 나는 무엇인가로 환승하게 될까. 가끔 궁금하다.

## 오래 살아서 더 자주
## 환승해야지


소설을 오래 쓸 거라는 생각은 별로 하지 않는다. 영원히 소설을 써야 한다는 생각도 전혀 없고, 소설 외엔 아무것도 하고 싶지 않다는 마음은 더욱더 없다. 내 인생의 모토는 '살아만 있자'인데, 사실 이건 책과 인생이 유사하다고 느끼는 지점 때문에 더욱 그렇다. 책이 끝나지만 않으면 다음 장은 분명 예측 불가하지만 흥미로운 일들이 존재하고, 인생도 그렇다고 느낀다. 무조건 '살아 있을 것'이 내 인생의 모토이다. 다만 살아 있을 때 재미있으면 좋으니까, '여러 이름'을 뒤집어쓰고 '여러 존재'로 환승하며 살아보는 거다.

그런 이유로 이렇게 환승을 많이 하면서 살아왔는데 앞서 말했듯이 취향이라는 건 정말⋯⋯ 어쩌면 유령보다 무서운 존재일지도 모른다. 소나무 같은 내 취향을 가장 분명하게 알 수 있는 건 내가 아이돌을 좋아하는 방식인데, 내 첫 아이돌을 따라 나는 그 기획사의 아이돌만 좋아하고 있다는 점이다. 일부러 그런 건 아니었는데 어쩐지 오 좋은데, 하고 보면 그 기획사 출신이었다.* 그러니까 '한국의 아이돌'이라고 해서 모두 케이팝을 했다고 말하긴 어려운 것이다. 나는 어떻게 보면 케이팝 직전 세대부터 아이돌을 소비한 경우일 텐데, 웃긴 건 케이팝의 시대가 열렸음에도 나

---

* 사실 요즘 케이팝에 대한 이야기가 많이 나오지만, 내가 알기로 한국 가요사에서 케이팝이라고 불릴 만한 것의 역사는 그리 길지 않다. 한국 대중가요의 시기가 또 있다.

는 여전히 그 소속사 아이돌만을 좋아하고 그들의 케이팝만을 소비한 것이다. 이건 취향이라는 말 아니면 도저히 해소되기 어려운 아이러니 같다. 물론 아이돌의 영역만 그런 게 아니다. 소설은 말할 것도 없다. 일단 전쟁사가 나오면 무조건 좋아하는 것 같다. 내 인생 최초의 소설이 톨스토이의 『전쟁과 평화』라고 하면 사실 직접 내가 그걸 읽는 걸 눈으로 본 막내 고모도 못 믿을 정도다. 내용도 기억나지 않는데 일곱 살의 내가 매우 '재밌었다'라고 생각한 것만은 기억한다. 소설이 아니라 실제 전쟁사도 너무나 좋아하는데 그런 까닭에 오랜 시간 2차 세계대전에 심취해 있었다. 요즘은 전쟁사의 범위가 한국으로 넘어와서 임진왜란과 한국전쟁 공부에서 헤어나오지 못하고 있다. 전쟁사만큼이나 좋아하는 건 추리소설이다. 좋아하는 추리소설에서 '북유럽 놈들은 추리소설을 좋아하는데 그건 심심해서'라는 문장을 본 적이 있다. 나는 북유럽 사람들처럼 심심하진 않다.

다만 기본적으로 모든 소설은 추리소설이라고 생각한다. 작가든 독자든 누군가의 생각을 따라가다, 그 생각을 추론해서 풀어내야 하니까 추리가 되지 않을 수 없다. 최근엔 소설뿐 아니라 일드나 영드를 볼 때도 의도치 않게 추리물만 본다는 걸 알게 되었다. 그런데 내 취향의 아이러니의 정점은, 소설이나 드라마에서 전쟁사나 추리가 등장할 때 내가 중요하게 보는 건 전쟁사 그 자체나 범죄 사건의 범인이 아니라는 것이다. 결국 나는 범죄가 일어나든, 전쟁이 터지든 집요하게 '자기 자신'에게 집착하는 '개인'들에게 관심이 있는 거였다. 거대한 바람 속에서 옷과 머리를 깃발처럼 휘날리며 서 있는 인물들.

어린 시절 그 사람이 죽고 나서 나는 나의 의지와 상관없이 국가가 만들어놓은 어떤 일에 인생의 한 부분이 구겨진 채 살아왔다. 그런가 하면 주희도 자신의 의지와는 아무런 상관 없이 평생 방

한구석에 몸을 숨겨야 했다. 이런 것들은 거대해 보이지만 이렇게 사소한 개인들의 인생에 너무나 깊이 개입해 들어온다. 아무리 내가 중심을 잡고 서 있어도 강한 바람 속에서는 넘어질 수밖에 없듯이. 역시나 나는 나와 같은 인물들이 궁금했던 것일까.

4부

환승 구간

: 이제 나를 알아보겠어요?

# 방바닥을 구르는 명작

얼마 전 반려돌을 갖는 게 유행이라는 이야기를 들었다. 듣자마자 나는 그것이 '에에올(에브리씽 에브리웨어 올 앳 원스)'의 영향이 아닐까 하는 생각이 하나, 두 번째는 나도 반려돌을 갖고 싶다는 생각이 더해졌다. 나는 진지하게 돌을 좋아하던 시기가 있었는데 그것은 굴러다니기 때문이었다. 『지구의 깊은 역사』*라는 책을 읽은 후

---

\* 『지구의 깊은 역사』(마틴 러드윅 지음, 김준수 옮김, 동아시아)

에는 돌이 나보다 많은 지구의 비밀을 알고 있을 거라는 생각이 들었다. 인생 선배와 같은 거랄까…… . 어쩐지 계속 움직이는 돌의 습성이 좋았던 건 단지 내가 앞구르기가 잘 안 되었기 때문만은 아니었던 거다. 나는 잘 굴러다니는 그 모든 유연성이 부러웠을 것이다. 하여간 그런 의미로 돌을 좋아했는데 굴러다니는 것이라면 또 기억에 남는 게 있다. 바로 우리 집 방바닥을 떠돌던 명작들이다.

명작이 방바닥을 떠돌게 된 이야기를 하려면 처음 영화를 봤던 때를 떠올리지 않을 수 없다. 사실상 최초의 영화는 최초로 '기억'하는 영화일 텐데 안타깝게도 그다지 좋은 기억으로 남지 않았다. 아빠와 같이 집에서 비디오테이프로 본 영화인데 하필이면 그게 히치콕 감독의 〈새〉였다. 그러니까…… 새가 무더기로 날아들어 좁은 공간에서 여자를 공격하는 그런 내용. 그때가 다섯 살 때였던 것 같은데 그 후로 나는 조류 공포증이 생겼다. 닭만 봐도 자지러지는 아이가 되었는데 이게 비인간에 대한 조예가 조금도 없었던 것 같은 히치콕의 문제인지, 명작이라고 알려진 그 영화를 좋아했던 아빠의 문제인지는 아직도 모르겠다. 실제 1960년대 전후의 영화들은 인간 외 존재들을 공포의 대상으로 그리거나, 정복해야 하는 대상으로 그리는 게 일상이었고 그렇게 탄생한 영화들은 영화사 걸작으로 기록되었다. 가령 〈E.T.〉의 경우도 아름다운 내용일지언정 우리와 다를 뿐인 외계인의 모습을 우스꽝스럽게 묘사했다. 킹콩이나 새처럼 자연과 인간의 대결 구도를 설정한 후 괴물화시키기도 다반사였던 듯하다. 사실 사정이 어떻든 그것은 내가 연구할 때나 관심 있는 것이고, 다만 그게 걸작인지 명작인지 알 바가 아니었던 다섯 살 나에게는 굉장히 공포의 경험이었다는 것만은 말하고 싶다. 얼마나 그때 긴장했던지 후에 여수에 사는 큰고모 집에 놀러가 〈알라딘〉을 보러 가게 되었을 때조차 나는 식은땀을 참아야 했을 정도다. 이 공포의 경험은 상당히 오래 지속되어서, 후에 히치콕이 그 영화를 찍기 위해 새들을 가둬둔 다음 며칠을 굶기고, 밀폐된 공간에서 여자 배우 한 명을 밀어넣은 뒤 촬영을 감행했다는 걸 알고 난 이후에도 히치콕이 아닌 새 자체에 대한 공포를 떨치지 못했다. 사실 여배우에게도 알리지 않고 육식성인 갈매기들을 몇 날 굶긴 후 밀폐된 공간에 가둔 히치콕이라는 인간에 대해 생각해봐야 옳을 텐데…… 공포는 옳음을 마비시키는 건가. 이런 생각이 든다. 하지만 물론 아빠가 보여준 영화가 다 이런 공포를 준 건 아니었다. 아빠는 젊은 시절 한동안 방에 틀어박혀 영화를 보곤 했었는데, 그때 본 〈해피투게더〉나 〈트루먼 쇼〉와 같은 영화들은 무언가 지워지지 않는 어떤 장면으로 남게 되었다.

그렇다고 해도, 그러니까.

나한테 영화는 그냥 뭐랄까, 생활 같은 거였다. 영화 〈콜럼버스〉에서 평생 건축에 빠져 살았던 아버지를 둔 진에게 찬사를 받는 건축물이 아무런 감흥을 주지 못하듯…… 아빠가 보여준 많은 영화들이 영화사에서 대단히 좋은 영화라는 평을 듣는, 요즘 말로 하면 시네필적 취향이었다는 것을 알게 되었을 때도 머쓱하기만 했다. '어두운 방 안에 굴러다니던 그런 테이프가 그런 거였군'이라는 생각에 말이다. 방 안을 굴러다니는 명작들이라니, 가끔은 엄마 발에도 내 발에도 차이던 명작들…….

# 방바닥을 구르는 명작

## : 번외편

 

방에 굴러다니던 명작에 대해 썼으니 이제 아빠에 대해 말할 수밖에 없다. 아빠에 대해선 할 말이 많다. 솔직히 별의별 감정이 다 드는 인물인데 이런 복잡한 감정 덕분에 등단작은 정말 말 그대로 아빠를 이해하려고 쓴 소설이었다. 등단작의 화자가 자신의 아버지에게 느끼는 감정은 내가 아빠에게 느낀 감정과 유사하다. 나는 아빠를 탐색하며 지냈고 아빠와 최대한 달라지기 위해 애쓰며 살았다. 나와 닮았다는 그 사람을 이해하기 위해 많은 시간을 쏟았다. 나와 닮았다는데 나라면 하지 않을 선택과 행동을 너무 많이 했기 때문이다. 그런가 하면 나와는 비교도 안 되게 다정한 면도 있는 사람이었다. 하지만 대체적으로 '나와 닮았지만 전혀 닮지 않은' 그 사람의 인생은 절대 닮지 않기 위해 애썼다. 그러니까 나는 아빠와 정반대의 측면이 있는 엄마의 성실함을 닮기 위해 엄청나게 노력했고, 그게 어느 정도는 통해서 이제는 사실 아빠보다 엄마의 성격을 많이 닮은 사람이 되었다. 하지만 여전히 취향만큼은 오롯이 아빠에게 영향을 받은 면이 많다고, 그것만은 인정할 수밖에 없다.

아빠에 대한 기억 중에 하나는 '멋'인데 아무래도 아빠는 시대를 잘못 타고 태어난 것 같다. 아빠가 요즘 태어났다면 어떡해서든 인플루언서가 되었을 것 같다. 왜냐면 본인이 그런 타입이기 때문이다. 가족 여행을 갔더니 혼자 부리나케 아침에 일어나 호텔 조식을 먹는 사람, 그리고 그것을 정성스레 찍어서 카톡에 올리는 사람. 아빠는 거기가 호텔이 아니면 그 사진을 찍지 않았을 것이다. 분명히 말하지만 이건 절대 허세가 아니다. 이것은 취향이다. 아빠는 원래 그런 문화를 좋아했던 것 같다. 내가 어린 시절이면 90년대 초반인데 아빠가 달팽이 요리를 먹여줬던 기억이 있기 때문이다. 식사 예절까지 세심하게 가르쳐줬는데 아빠는 양식은 좋아하지 않지만 특별한 날의 기분을 위해 돈을 지불할 준비가 되어 있는 사람이었다. 덕분에 나는 그날을 아주 특별한 날로 기억하게 되었다. 『먼나라 이웃나라』 프랑스 편의 식사 예절을 따라해볼 수 있었던 날, 마리 앙투아네트가 된 그런 기분. 아주 점잖은 말투로 부드러운 스프 그릇을 내려놓아 주던 웨이트리스의 잘 정돈된 손길. 따뜻하고 밝은 공간 안에 조용히 울리던 음악과 그 안에 섞여 있던 예의 바른 사람들의 모습. 그런 공간과 기분과 느낌은 내 인생에 오랜 시간 아주 부드러운 기억으로 남아 있다. 물론 엄마도 주6일제였던 그 시기, 토요일이면 우리를 데리고 어린이 뮤지컬이며 연극 등을 보러 다녔다. 피곤에 지쳐 꾸벅꾸벅 졸면서도 우리를 위해 자신의 시간을 아끼지 않았던 거다. 아무리 내가 나의 부모를 이해하지 못해도 감사하는 마음이 있는 것은, 돈과 명예는 아니었을지라도 우리에게 그러한 기억을 심어주려 정말 많은 노력을 한 사람들이기 때문이었다. 물론 아빠는 우리에게뿐 아니라 자신에게도 뭔가 앞선 기분을 느끼게 해주고 싶었던 사람이었다. 386 컴퓨터가 나오자마자 구입하고 벽돌 같은 핸드폰도 득달같이 사 왔다. 문제는 아무도 핸드폰이 없어서 핸드폰 소통이 불가능한…… 그러니까 히치콕과 고다르를 내내 보지만 아무도 그 주변에 아빠와 그 대화를 해줄 사람이 없어서 히치콕과 고다르의 의미란 대관절 없는……. 방바닥에 굴러다닌 명작이 되어버린 것처럼 가장 최신의 핸드폰을 사 왔지만 아무도 그 가치를 몰라 벽돌이 되어버리는, 그런 삶 속에 놓인 사람. 방바닥에 굴러다니는 명작의 번외편이 있다면 이런 걸 보여주지 않았을까. 아무래도 아빠도 어느 순간 그걸 깨달은 것 같다. 거기에서 온 슬픔에 깊게 갇혔던 시절이 있었다. 그때 아빠는 간혹 나와 언니에게 그런 말을 했었다. "너희가 책 읽지 말았으면, 아무 소용도 없는." 기형도와 이상을 너무 사랑했으면서 그런 말을 하다니, 그 마음을 이제는 겨우 이해하지만 그때는 알 턱이 없었다. 그런데…… 여기까지 쓰고 보니까 뭔가 되게 무슨 90년대 완전히 망한 엘리트의 전형 같지만, 아무리 솔직하다 한들 소설이 〈인간극장〉이 될 순 없는 것처럼 당연히 아빠의 실제 삶은 또 다른 면이 많았다.

가령 배우 한예슬이 나오는 드라마 〈환상의 커플〉을 내게 전파해준 자는 아빠다. 한예슬 캐릭터를 몹시 좋아해서 그 드라마를 무척 열심히 보던 아빠는 한동안 동네 개들만 보면 '개!'라고 부르고 다녔다. 한예슬이 그랬기 때문이다. 짜장면도 갑자기 많이 먹었다. 나는 엉겁결에 얻어먹었다. 물론 이 또한 한예슬이 그 드라마에서 짜장면 러버였기 때문이다. 밈의 얼리어답터……. 〈환상의 커플〉에 좀 지칠 무렵이 되니 이번엔 해외 드라마로 눈을 돌렸다. 온갖 미국 예능과 영국 드라마 등을 섭렵하더니 하루는 제이미 올리버가 만든 요리랍시고 무언가를 사 가지고 오기도 했다. 아무래도 젊은 시절 예술에 심취했던 아빠를 좋아했던 것으로 추정되는 엄마는 그런 아빠를 두고 볼 수 없었는지, 어느 날엔가 아빠에게 영화관을 가자고 했는데 아빠가 콧방귀를 뀌더니 이렇게 말했다고 한다. "당신 혼자 가."

그런 아빠는 요즘 입만 열면 다음 생엔 주희의 말을 착실히 따라서 의대에 갈 거라고 한다. 이제는 다음 생까지 정해놓는 당신은 진정한 얼리어답터……는 아니고 아무튼 나는 아빠의 다음 생을 진심으로 응원한다. 어쩔 수 없다. 아빠와 닮고 싶지 않아서 반대로만 살아온 나는 아빠가 그렇게 원하던 작가의 삶을 살게 되었고 방바닥을 굴러다니던 명작을 아빠보다 더 좋아하는 사람이 되었으니까.

## 영화는 진짜 모르겠다

아빠가 방구석에서 영화를 보았다면 나는 주로 영자원에서 영화를 보았다. 물론 이건 내가 서울 생활을 하고 난 이후의 이야기라는 점을 먼저 말해두고 싶다. 그런데 조금 솔직해지자면 내가 영상자료원에 간 건 일단 영화가 공짜였기 때문이다. 또 굉장히 유명한 영화가 아니면 대부분 연달아 볼 수 있어서였다. 나는 당시에 돈은 없고 시간은 많은 대학원생이었다. 처음엔 영상자료원이 공짜라는 말을 듣고도 믿을 수가 없어서 직접 확인해보러 간 거였다. 실제 공짜라는 걸 알고는 바로 표를 끊었고 영화들을 봤다. 영화를 보는 동안은 아무 생각 하지 않고 커다란 화면만 들여다보면 되니까 마음이 편안했다. 아빠가 이래서 명작 중독을 끊지 못한 걸까, 이런 생각이 들 정도로 순식간에 흘러가는 하루를 제공해주는 영화사 걸작들이 있어서 너무 다행이었다. 글을 쓴다지만 아무런 성과도 내지 못한 아무러한 인간에게 매일매일이 의미가 있다고 여기면 고된 일이었으니까.

영자원에서는 영화만큼이나 재밌는 일이 많았다. 일단은 약속을 잡지 않아도 볼 수 있는 친구들이 거기 많이 있었다. 관이 두 개라서 어쩔 수 없이 교차하게 되는 사람들.

그리고 영자원에는 영화만큼이나 오랜 시간을 살아온 사람들도 많이 있다. 그곳엔 노인들이 정말 많았다. 나는 항상 A3 좌석에 앉곤 했는데, 맨

앞줄이다 보니 대부분 혼자 앉아서 보는데 주말에는 사람이 많아져서 간혹 누군가와 함께일 때가 있었다. 그런 자리는 나처럼 귀찮음이 폭발하는 사람이거나 노인들이 주로 차지했는데 노인들과 앉으면 항상 어떤 이벤트가 발생했다. 한번은 연세가 지긋하신 어르신이 내 곁에 앉았다. 영자원은 영화에 진심인 곳이라 절대 핸드폰을 켜지 말아달라는 신신당부의 말이 굉장히 진실되게 들리는 곳이다. 언제나처럼 그 화면을 멍하게 보고 있는데 핸드폰을 꺼달라는 안내가 나올 때 갑자기 곁에 앉은 어르신이 액정을 활짝 펼쳤고 나도 모르게 으악, 작은 소리를 내뱉었다. 어르신은 아무래도 잘 들리지 않으신 듯했고 그래서 다행히도 나의 '으악'을 듣지는 못한 것 같았다. 대신 무척 당황한 듯 이곳저곳을 손가락으로 누르며 "아니, 이게 왜 안 꺼져, 이게. 영화 볼 때 예의가 아니라는데, 이게 예의도 없게" 이 말만을 반복적으로 하셨다. 예의 바른 이 어르신은 어떻게든 그

예의를 모르는 액정 화면을 숨기고 싶어 하셔서
핸드폰을 한구석으로 숨겼는데 그게 하필 내 쪽
이었던 것이다. 이 절대적 예의를 가로막을 순 없
기에 잠자코 눈을 감고 있는데 곧 이런 목소리가
들려왔다.

"아가씨, 영화가 이제 시작인데 자요?"

나는 정말 자고 일어난 사람인 척 연기를 했고
어르신의 화면은 아직도 예의를 잃은 채였다. 어
르신은 이제 거의 울 듯한 표정으로 방금 일어난
나에게 사정하듯 말씀하셨다. 이것 좀 꺼달라고,
항상 자식들이 켜놓으라고 해서 꺼놓은 적이 없
었다고. 그러고 보니 자식들은 어르신이 갑자기
길을 잃거나 연락이 안 닿을까 봐 걱정이었던 게
아닐까. 나는 치매를 앓은 노인들을 가까이서 보
았었다. 처음으로 전화를 끄려는 어르신을 (그것
도 영화 때문에요!) 물끄러미 보다가 나는 전원버
튼을 길게 눌러드렸다. 그러고는 나도 처음으로
한마디를 얹었다. "할아버지, 이따 영화 끝나고

제가 켜드릴게요." 어르신과 나는 그날 〈통행증〉
이라는 영화를 무척 열심히 관람했다. 아무런 방
해 소음도 불빛도 없이. 물론 영화가 끝나고 할아
버지의 전화기는 내가 다시 켜드렸다. 할아버지
는 연신 고맙다고, 아가씨 덕분에 좋은 영화를 봤
다고 거듭 인사를 하셨고, 살면서 그런 인사를 받
아본 적이 없던 나는 좋은 사람이 된 기분에 휩싸
여서 또 하루를 무사히 보낸 기분이었다.

# 더는 기다릴 수 없어

───  영화 〈쿠미코, 더 트레져 헌터〉(2016)
데이비드 젤너 David Zellner

"아이 원 투 고 파고."

고도를 기억하는 사람이 있을까? 그러니까 사무엘 베케트의 『고도를 기다리며』(민음사)말이다. 나는 이십 대 때 영화 〈고도를 기다리며〉를 네 번 정도 보았다. 워낙에 긴 연극이기도 하고, 또 의자가 아닌 바닥에 앉아야만 하는 산울림소극장이었기에 매번 허리가 끊어질 것만 같았다. 하지만 그래도 나는 늘 고도를 기다렸다. 왜 그랬을까, 거의 반세기 전에 만들어진 고도라는 인물을 나 또한 기다린 이유는 대체 뭐였을까. 사무엘 베케트는 이 작품을 2차 세계대전 당시 전쟁이 끝나길 기다리던 자신의 모습에 착안하여 썼다고 한다. 그러니 고도, 그것은 단지 사람의 이름이 아니라 어떤 희망과 꿈, 마음의 다른 호명이었을 것이고, 그런 의미에서 나 또한 나만의 고도를 간절히 기다렸을 것이다.

그러나 지금의 나는 이것 또한 안다. 고도를 기다리는 사람 누구도 고도를 보지 못했기에 오히려 모두가 고도를 기다릴 수 있었다는 것을 말이다. 전쟁이 끝난 후의 베케트라면 더 이상 고도를 기다리지 않았을 테니까. 그리고 무엇보다, 전쟁 당시 아무것도 할 수 없었던 베케트는 그저 고도를 '기다릴 수' 있었겠지만, 아직 희망이라는 선택지가 있던 이십 대의 나는 고도를 '기다릴 수도' 있었겠지만, 현재를 사는 나는 이제 그저 고도를 기다릴 수가 없다. 『고도를 기다리며』가 현대에 다시 쓰인다면, 아마도 고도가 오지 않는 선에서 이야기는 끝나지 않을 것이다. 고도를 기다리던 길 위에서 주인공은 달려오는 무리에 치이거나 고도를 기다리는 다른 사람들을 앞지르기 위해 가쁜 숨을 참아내는 것이 새로운 『고도를 기다리며』의 결말일 것이다.

그러니까, 현재를 사는 나에게, 우리에게 이제 '기다리는' 선택지 같은 것은 없을지도 모른다. 그러니까 역시, 〈쿠미코, 더 트레져 헌터〉의 쿠미코가 자신을 압박하는 삶 속에서 더는 희망을 바라지 않고 영화 〈파고〉의 보물을 찾으러 간 이야기는 우리의 삶과 아주 먼 이야기만은 아닌 셈이다.

짐작했겠지만, 이 영화의 주인공은 쿠미코다. 그녀의 나이는 29세. 직업은 비서. 특이 사항이라면, 서비스직이라 할 수 있는 비서직에 종사하지만 전혀 웃지 않는다는 것이랄까. 그런 그녀는 집에서 라면만 먹는다. 반려토끼에게도 라면을 먹인다. 저녁을 먹은 후엔 창문을 통해 건너편 집에서 춤을 추는 남녀의 모습을 길게 바라본다. 그리고 이쯤 등장하는 그녀의 진정한 특이 사항이 있다. 쿠미코는 매일 밤 같은 영화를 본다. 쿠미코는 〈파고〉의 비디오를 어느 동굴에서 주웠다. 쿠미코는 그 비디오를 돌려보았고, 또 돌려보는 중이다. 이유는 하나, 그녀는 '현실을 기반으로 만들어졌다'는 영화의 소개글을 '현실'이라고 잘못 받아들였기 때문이다. 쿠미코가 '현실'이라고 믿는 〈파고〉의 내용은 이것이다, 미국의 어느 지역에 엄청난 돈이 묻혀 있다는 것. 쿠미코는 그곳이 실제 존재한다고 믿는다.

그렇다. 쿠미코는 돈이 필요했다. 전쟁이 끝나길 바라는 것도 아니고, 그래서 평화를 원하는 것도 아니며 그렇다고 (쿠미코를 비꼬던 회장의 말처럼) 연애 상대가 나타나길 바라는 것도 아니다. 쿠미코는 단 하나가 필요하다. 마음도, 미래도 아닌 오로지 돈. 그것도 현재의 돈을 말이다. 쿠미코는 곧 직장에서 잘릴 예정이며, 친구도 애인도 없고 당연히 모은 돈도 없다. 쿠미코의 잘못이라고 한다면 회장 앞에서조차 잘 웃지 않았고, 사내 뒷담화에 개입하지 않았다는 정도다. 게다가 쿠미코가 모시는 회장의 표현을 빌리자면, 쿠미코는 누구나 할 수 있는 비서직에 이미 나이가 '너무' 많은 사람이다. 회사 사람들은 쿠미코에게 대놓고 욕을 하거나 폭력을 가하진 않지만, 이 영화를 보는 사람들은 알 수 있다. 회사 사람들이 쿠미코를 '모욕'하고 있다는 걸 말이다. 그렇다면 가족들은 어떠한가. 쿠미코의 엄마는 전화만 했다 하면 결혼은 언제 할 거냐고 묻는다. 그 질문에는 결혼이라는 제도에 들어가지 않은 스물아홉 살의 쿠미코에 대한 무시가 깔려 있다. 그러니까 그런 쿠미코에게 〈파고〉란, 아니, 〈파고〉의 돈이란 생존을 위해 반드시 필요한 구원자이다. 평화, 이루지 못할 꿈, 희망, 더 나은 내일……. 고도는 그런 것을 기다릴 수 있었다. 하지만 당장 내일 회사에 잘리고 가족에게 돌아갈 수도 없는 쿠미코에게 소중한 것은, 바로 〈파고〉에 등장하는 '돈'이다. 당연한 말이겠지만, 쿠미코가 그 돈을 찾으러 가는 과정은 말 그대로 녹록지 않다. 아이러니한 것은 그런 어려운 상황 속에서 만나게 되는 사람들이 오히려 회사 사람들이나 가족, 친구보다 쿠미코를 따뜻하게 대해준다는 것이다. 물론 그들의 호의가 한결같이 '따뜻한 집', '일반적인 사람들의 상식'과 같은 '보편적인 것으로의 편입'에 가깝다 할지라도 말이다.

그래서 "그런 이야기는 영화일 뿐이다"라는 도서관 보안 직원의 말에 쿠미코가 "사람에게 정해진 삶은 없다"라고 반문하게 될지라도, 적어도 그들은 쿠미코의 회사 사람들이나 가족들과 같이 보편적으로는 '가까운 관계'라고 규정된 사람들처럼 쿠미코에게 대놓고 폭력과 혐오를 내비치지 않는다. 그들은 쿠미코를 감싸기도 하고, 한편으

로는 영화 〈파고〉가 허구의 미디어라는 사실 또
한 알려주기도 한다. 하지만 너무 오랜 시간 무시
와 혐오, 폭력의 그늘 속에 있던 탓일까. 처음으
로 자신을 도와주겠다는 사람들을 만나지만 쿠미
코는 그들을 뒤로하고 〈파고〉의 '돈'을 향해 나
아간다. 따뜻한 집을 내어주겠다는 할머니의 말
을 흘려듣고, 옷을 사주겠다는 경찰관의 호의를
거절하며 쿠미코는 모텔 이불을 망토처럼 두르고
눈밭을 헤맨다. 오로지 영화 〈파고〉의 돈이 묻혔
다는 그곳을 향해 말이다.

　이 영화 〈쿠미코, 더 트레져 헌터〉는 실제 미국
에서 영화 〈파고〉를 보고 돈을 찾으러 여행을 떠
났다가 실종된 일본인 여성의 이야기를 모티브로
다루고 있다. 물론 그 일본인 여성의 이야기는 훗
날 미국 경찰이 잘못된 정보를 흘린 것으로 밝혀
졌다. 하지만 딱히 증거를 대며 밝힌 것도 아닌 경
찰의 말을 모두가 믿었다는 사실은, 누군가 생존
을 위해 돈을 찾으러 목숨까지 각오하며 오지로

떠났다는 이야기가 지금 이 시대에 결코 이상하게 들리지 않는다는 방증이기도 하다.

자, 그렇다면.

영화 속 쿠미코는 현실의 이야기와는 달리 천신만고 끝에 돈을 찾아냈을까? 영화의 말미, 온전히 본인의 힘으로 나아간 그 눈밭에서 쿠미코는 결국 미소 짓는다. 물론 그 미소가 가리킨 것이 실제 묻혀 있던 돈을 발견한 덕분인지, 아니면 그제서야 자신이 '생존'이 아닌 '죽음'을 향해 달려왔다는 걸 깨달은 까닭인지는 오로지 쿠미코 자신만이 알 것이다. 다만 단 하나, 우리가 알 수 있는 것은 어쩌면 이것일 것이다. '고도'를 기다리던, 기다릴 수 있는 시대는 이미 저물어버렸다는 것.

아니, '쿠미코' 같은 사람에겐 애당초 그 어떤 선택지도 없는 시대가 되어버렸을지도 모르겠다. 쿠미코가 스물아홉인 것이, 잘 웃지 않는 여자라는 것이, 결혼을 안 한 사람이라는 것이, 사회생활을 잘 못한다는 것이 실은 쿠미코의 잘못이 아니라 그저 지금 이 사회의 기준인 것처럼 말이다.
누군가를 위협하지도 않았고 회사에 누를 끼치지
도 않았으며 가족에게 독립하지 못한 것도 아닌,
쿠미코가 그저 사회의 기준에 미달이라는 이유로
결국엔 차가운 눈밭으로 내몰려야 했던 것처럼
말이다.

정복자의 부츠를 벗기는 자,
사랑을 쟁취하리라*

───  영화 〈파워 오브 도그〉 (2021)
제인 캠피온 Jane Campion

다소 엉뚱한 질문을 하나 해보려고 한다. 혹시
이 글을 읽는 당신은 맨발로 바깥에서 뛰어본 적
이 있는가? 더운 여름, 평소보다 날렵한 신발을
신어서 발이 드러난 적은 있겠지만, 그 또한 온전

* 이 글은 《씨네21》 2021년 12월 29일자 기사인 김소희 영화평
론가의 〈'파워 오브 도그'가 멜로드라마가 아닌 복수극이어야
했던 이유는〉에서 영감을 받아 작성되었다.

히 맨발인 채는 아니었을 거다. 실제로 아주 어린 시절을 제외하고, 대부분 우리는 맨발로 걷거나 달리지 않을 것이다. 의식주는 인간과 인간이 아닌 것을 구분하는 기본적인 단위라고 배웠으니까.

그런데 여기, 종종 온전히 신발을 벗고 맨발로 뛰는 여인 로즈가 있다. 로즈는 전남편이 자살한 후 여성스러운 행동으로 '게이'라는 놀림을 받는 아들과 어렵게 살아가던 중 목장 운영자 조지를 만나 재혼한다. 재혼과 동시에 로즈는 더 이상 무례한 손님들을 견디며 식당 일을 할 필요가 없다. 무성영화관에서 종일 피아노를 치던 그 아름다운 시절로 되돌아가면 된다. 그런 로즈의 삶을 축복이라도 하듯 조지는 그녀의 만류에도 그랜드 피아노를 선물한다. 그러나 한 무리의 카우보이들이 옮기는 피아노를 보는 로즈의 눈빛은 어쩐지 불안하기만 하다. 영화가 진행될수록 로즈의 알수 없는 불안은 점차 술 없이는 살 수 없는 알코올 의존으로 구체화된다.

사실 로즈는 원래 알코올 의존증이 아니었다. 이는 목장 안에 있는 또 다른 인물에게서 기인한 것이다. 점차 위태로워지는 로즈를 보며 비웃음 짓는 그 누군가는, 제국 같은 거대 목장의 카우보이들을 통솔하는 조지의 형 필이다. 카우보이들은 젠틀한 조지보다 필의 폭력적인 언행에 호응하고 그의 명령에 즉각 반응한다. 그리고 이 숨은 권력자가 로즈를 잠식하는 이유는 하나다. 그에게 로즈는 위대한 서부 카우보이들이 건설한 목장의 돈을 노리고 들어온 좀도둑 같은 존재이기 때문이다. 이런 필이 로즈를 괴롭히는 방법은 교묘하고 다양하다. "무성영화관이나 주지사 앞이나 별반 다를 것 없잖아?" 이것은 중요한 초대 손님인 주지사 부부 앞에서 피아노 연주를 하지 못한 로즈를 두고 필이 하는 말로서, 얼핏 기죽을 필요 없다는 격려처럼 들릴지도 모른다. 그러나 필이 그 말을 함으로써 로즈는 되레 권력 앞에 벌벌 떠는 인간으로 확정된다. 필과 로즈의 위치를 확인시켜 주듯, 영화 속에서 대부분 필은 로즈를 내려다보고 있다. 로즈가 어설프게나마 피아노를 연습할 때도 필은 위층에서 현란한 악기 연주로 로즈를 무안 준다. 필 때문에 불안해진 로즈가 술을 찾을 때도 그는 한 계단 위에서 말없이 로즈를 내려다본다. 마치 죄 많은 침입자를 처벌하려는 정직한 대법관처럼. 그렇게 로즈를 내려다보는 권력자 필의 발에는 항상 '이것'이 신겨져 있다.

바로, 부츠. 서부 개척기 인디언들의 땅을 짓밟고 자연을 훼손시키던 정복자의 발에 신겨져 있던 그 부츠는, 필의 발에도 그대로 신겨져 있다. 이 부츠는 카우보이의 상징이면서 동시에 필의 상징이기도 하다.* 그것은 영화 중반 이후 자신과

---

* 이는 '남성성/들'에서 주지하듯, 남성성 중에서도 유독 지배적인 위치를 갖는 패권적 남성성이 존재하며, 이 남성성은 다양한 '위기' 국면에서도 끊임없이 재구성되면서 자신의 위치를 지켜왔다고 가리키는 것에서 그 기원을 찾을 수 있다. 필은 자신이 동경하고 사랑했던 남성의 가르침을 그대로 답습하였고 다시 이를 피터에게 학습시키려 한다. 특정한 복장을 통한 이 구분 짓기는 가령 1차 세계대전 당시 트렌치코트를 예로 들 수 있다. 이는 영국 엘리트 군인들의 상징이었다. 그런데 흥미로운 것은 이 트렌

유사하다고 생각되어지는 로즈의 아들 피터에게도 '부츠를 신을 것'을 강조하기도 하는 장면에서 더욱 뚜렷해진다.

필의 부츠와 로즈의 맨발이 갖는 대비는 영화가 진행될수록 극대화된다. 영화의 말미, 자신의 아들인 피터를 욕망하는 필에게 로즈는 작은 복수라도 해보고자 그가 애지중지하는 가죽을 인디언에게 팔아버린다. 가죽을 팔기 위해 인디언을 따라가면서 로즈는 신발을 내던지듯 벗어버린다. 그런데 이 맨발의 로즈가 불러온 나비효과는 생각지도 못한 결말을 가져온다. 그것은 필과 피터의 사랑의 맹세도 아니고 로즈와 조지의 파탄도 아니다. 그것은 필의 죽음이다.

치코트는 전쟁이 끝난 후 일반/비엘리트/여성들에게도 선풍적인 인기를 끌었다는 것이다. 이 '복장'을 착용함으로써 일반/비엘리트/여성들이 나라를 위해 전쟁에 참여했다는 칭송을 받는 엘리트 남성 군인들의 세계에 동참할 수 있는 정서적인 승인이 함의되어 있기 때문이었다. 다만 이 영화에서 필이 피터에게 부츠 신기를, 말타기를 강조하는 것을 남성성의 계승으로만 보기 조심스러운 것은, 클로짓 게이인 필에게 이 구분/구별 짓기는 정체성 드러내기의 한 과정으로도 볼 수 있기 때문이다.

사실 로즈가 팔아버린 가죽은 필이 피터에게 건넬 밧줄을 만들 재료였다. 그로 인해 필은 더욱더 로즈에 대한 적개심으로 불타는데, 이를 지켜보던 로즈의 아들이자 필의 사랑(으로 추측되는)인 피터는 필에게 자신이 발견한 새로운 소가죽을 건넨다. 필은 밤새 피터가 건넨 가죽을 맨손으로 만지며 밧줄을 만든다. 다음 날, 필은 쉽게 침대에서 일어나지 못하고 목장이 아닌 병원으로 향한다. 그리고 그때 그의 발엔 부츠가 아닌 구두가 신겨져 있다. 죽음 앞에서야 부츠를 벗게 된 그의 발. 만약 로즈가 구두를 벗어던지는 것을 두려워하는 사람이었다면, 그래서 떠나는 인디언에게 가죽을 팔지 않았더라면 영화 속에서 필은 죽지 않을 수 있었을까?

하지만 영화를 본 모두가 알다시피 그의 발에서 부츠를 벗긴 것은 로즈가 아니다. 필의 감염원으로 추측되는 것은 의학을 전공하여 손으로 전파되는 병의 위험성을 잘 알고 있던, 무엇보다 자신을 향한 욕망이 삶을 앞서고 있는 필을 꿰뚫고 있던 피터가 건넨 가죽이다. '토끼를 좋아하지만 필요하면 해부할 수도 있는' 피터는 자신 또한 필에게 강한 끌림을 느꼈을지언정 그에게 굴복하지는 않는다. 피터는 필이 가진 남성성을 답습하는 것보다는 그 반대편에서 가스라이팅당하는 로즈를 구출하는 것을 선택한다. 물론 그 방법은 칼이나 총이 아니다. 그것은 인간이 멋대로 장악한 곳에서 훼손된 동물의 사체를 만지게 하는 것뿐. 그래, 그렇다면. 결국 이 정복자의 부츠를 벗긴 것은 인간의 '사랑'이었을까.

한데 영화의 마지막 장면, 피터가 읽는 성서의 한 구절을 들으며 나는 퍼뜩 피터가 개의 형상을 한 산과 산 사이에서 소의 사체를 발견하는 장면을 떠올렸다. 그리고 어째서일까. 그 소의 사체는 필이라는 정복자의 발아래서 불안에 떨던 로즈와 겹쳐 보이기 시작했다. 그것은 오랜 시간 편견과 혐오로 가득 찬 인간의 역사에서 반복한 고정된 이미지를 가리키는 것이었다. 『짐을 끄는 짐승들』(수나우라 테일러, 오월의 봄)에서 말했듯이, 훼손당한 동물의 신체는 주로 장애를 입은 인간의 신체에 비유되었고 이는 비인간/여성의 신체와도 연결되어 왔기 때문이다.

여기까지 생각했을 때, 나는 필의 부츠를 벗긴 실체가 무엇인지 그제야 알 것 같았다. 왜냐하면 의학적으로 필을 죽음으로 본 것은, 결국 로즈도 피터도 아닌 소의 가죽이었으니까. 결국 정복자의 부츠는 그들이 정복했다고 믿었던 '무엇'이었다. 그것이 사랑이든, 자연이든 항상 정복자들이 '정복'했다고 떠들어대는 것으로부터 그들의 부츠는 벗겨졌고 그들은 결국 무너졌다. 이 영화에서 최후의 사랑을 쟁취한 것은 정복자의 반대편이다.

이제 나를 알아보겠어요?


───　영화 〈피닉스〉 (2021)
　　　크리스티안 펫졸드 Christian Petzold


현재를 걸으며 과거를 회상한다.

독일에 가면 길바닥에 이런 글귀들이 새겨져
있는 것을 볼 수 있다. 전쟁범죄를 저지른 가해국
으로서 당연한 일이긴 하지만, 과거를 회상하지
도 반성하지도 않는 일본의 극우들 때문인지, 독
일의 저런 반성적 자세는 가끔 인상적으로 느껴

지곤 한다. 물론 일부 독일의 역사수정주의자들은 여전히 홀로코스트의 역사를 변형하고 망각하고자 노력하지만 말이다.

그러고 보면 왜 그들은 그런 '노력'까지 하면서 굳이 기억을 지우려고 하는 걸까. 이는 최근 나의 화두였다. 나는 얼마 전 친일 작가의 작품을 재해석했다. 유쾌한 작업은 아니었으나 이를 통해 새로운 사유의 지점이 생긴 것도 사실이었다. 가령 이런 거였다. 폭력의 정당화에 가담하게 되는 것. 내가 대학원을 다닐 때, 나는 그녀의 친일 행각을 문학적 의의를 이유로 두둔하는 것을 더 많이 듣고 보았다. 그래서 처음엔 나 또한 깊게 생각하지 않았던 것도 있다. 그러나 자료 조사를 거듭할수록 내가 여태 믿고 있던 것에 균열이 생기기 시작했다. 물론, 그녀의 작품은 단지 비난'만'이 아닌 깊이 있는 분석을 바탕으로 한 비판이 더욱더 이루어져야 한다. 이것이 작가 본인에게는 사실상 바닥을 쳤던 조선 여성들의 인권을 드높이는 일과 맞닿아 있었을 수도 있기 때문이다. 일본 여성에게는 모성애, 조선 여성에게는 독립과 자립을 요구하는 것은 일본의 여성 정책 중 하나였다. 그리하여 조선의 딸과 아들을 일본 제국의 군대에 기꺼이 보내는 어머니상을 만들고자 했던 것이 일본 제국의 교묘한 정책이었다. 그러나, 아니 그렇다고 해도. 그 어떤 이유가 있을지언정 그녀가 저지른 친일 행각이 없어지는 것은 아니다. 문맹률이 97퍼센트에 달하던 당시의 조선에서 작가들은 자유롭게 글과 말을 쓸 수 있는 3퍼센트의 사람들이었다. 그러니 오히려 더욱 드러내고 인정해야 한다. 그런데, 내내 이런 생각을 지울 수 없던 내게, '문학적'인 이유든 다른 이유에서든 그녀의 친일 행각을 두둔하는 것을 읽고 보고 듣는 일은 내게는 꽤 충격적인 일로 남겨졌다.

최근 이런 일을 겪으면서 나는 한 영화를 떠올렸다. 크리스티안 펫졸드 감독의 〈피닉스〉. 2차세계대전 직후 황폐한 독일을 배경으로 하고 있는 이 영화는 얼굴을 붕대로 모조리 감고 자신을 숨기려 하는 여성 넬리의 등장으로 시작된다. 넬리는 주목받는 가수이자 부유한 유대인 집안의 일원이었다. 그러나 나치의 학살이 시작되자, 누군가의 밀고로 수용소에 끌려갔다 얼굴이 망가진 채 돌아온다. 그런 넬리에게 목숨을 구해서 다행이라고, 감히 누가 그런 말을 할 수 있을까. 넬리는 재건 성형을 하지만 의사로부터 이전의 모습으로 돌아갈 수 없다는 말을 듣는다. 하지만 넬리에게 삶이란 사실 그 '이전'뿐이다. 수용소에서의 시간을 삶이라고 할 수 있는 사람은 없을 테니 말이다. 그래서인지 넬리는 '너를 밀고한 사람은 네 남편 조니'라고 말하는 유대인 친구 레네의 만류에도 한사코 남편을 찾아 나선다. 넬리는 조니를 시내의 바에서 쉽게 찾아내지만 그는 넬리를 전혀 알아보지 못한다. 아무리 얼굴이 바뀌었다고 한들, 다른 친구들은 알아보는 넬리를 말이다. 게다가 심지어 넬리에게 조니는, 죽은 아내의

유산을 받아야 하니 넬리의 행세를 하라는 제안까지 한다. 여기에 넬리는 그런 남편의 제안을 그저 수용하며 자신의 행세를 하기 시작한다. 넬리의 넬리 행세. 그런 넬리의 모습을 보며, 친구 레네는 자신은 이제 독일어 노래는 듣지도 못하겠다며, 이제 너의 돈은 이스라엘을 위해 쓰여야 한다고 간곡히 부탁한다. 그리고 자신의 그런 간곡함에도 조니를 찾아가는 걸 멈추지 않는 넬리를 보며 레네는 '미래는 없다'고 자살을 택하고야 만다. 그러나 그런 레네의 죽음 앞에서도 넬리는 조니를 찾아가 자신의 행세를 성실히 해나간다.

대체 넬리는 왜 이런 선택을 한 것일까. 그리고 그렇다면 조니는 어떻게 이토록 자신의 아내를 못 알아볼 수 있을까. 얼굴이야 그렇다 치더라도 그녀의 걸음걸이, 목소리, 글씨체까지 전부 그대로인데 말이다. 앞선 이야기와의 연결을 위해 좀 더 이른 결말을 말해보자면 이러하다. 넬리의 넬리 행세는 결국 영화의 마지막까지 멈추지 않는다. 영화의 말미, 조니는 넬리에게 기어이 죽은 아내의 옷을 입혀 친구들 앞에 서게 한다. 넬리는 친구들 앞에서 노래를 부르기 시작하는데 그런 넬리를 보고 감격하는 친구들의 모습과 달리 조니의 눈동자는 어느 순간 크게 진동하며 흔들린다. 죽은 아내의 옷을 입은 넬리의 손목에 새겨진 숫자. 그것은 '유대인 넬리'를 증명하기 위해 독일인이 그녀의 몸에 새겨넣은 '낙인'이었다. 그러니까 그것은 독일인 남편 조니가 고발한 유대인 아내 넬리의 수용소 번호였다.

조니에게 그런 넬리는 절대 이 세상에 존재하면 안 되는 사람이었다. 독일인인 조니 자신이 고발한 유대인 넬리는 이제 '없어야 하는 존재'이다. 조니는 자신의 손으로 아내를 고발했다. 이유는 하나였다. 그녀가 유대인이기 때문에, 자신은 살아야 하기 때문에. 그렇기에 조니에게 넬리가 존재할 수 있는 시간은, 오로지 자신이 넬리를 고발한 이전의 '시간'에서만 가능했다. 홀로코스트 이

전, 유대인이라는 신분이 아무것도 아니었던 때만 가능한 것이다. 반면 넬리는 어떠한가. 영화의 중반까지, 나는 넬리가 사랑 때문에 남편을 찾아 헤맨다고 생각했다. 하지만 영화가 진행되면서, 특히 폐허가 된 집터에서 위태롭게 서 있는 넬리를 보며 나는 그녀가 조니를 찾은 것엔 다른 이유가 있다고 생각했다. 넬리는 폐허가 된 이전의 자신을 찾고 싶은 것이다. 재건하지 못한 얼굴, 잃어버린 정체성, 복원될 수 없는 과거의 삶. 그러나 주지했듯 수용소의 삶을 과연 삶이라 할 수 있을까. 그녀는 단지 자신의 삶을 찾고 싶은 것이다. 그렇기에 넬리에게 조니는 자신의 진정한 삶을 복원해주기 위해서라도 반드시 필요한 존재였다. 그러므로 자신을 부정하는 조니를 마주하면 마주할수록 넬리는 반드시 그가 자신을 응시하도록 해야 한다고 생각했을 것이다. 그러니 비록 그 방법에서 차이가 있을지언정, 자살을 선택한 레네와 넬리는 어쩌면 가해자 독일에게 같은 것을 요구하고 있었는지도 모른다. 복구할 수 없다면 복원해줄 것, 그것이 역사적 가해자들이 반드시 해야 할 일이기도 하다. 물론 마지막까지 조니는 그 바람을 저버린다. 하지만 왜일까. 그가 저버린 그 바람 속에서 넬리는 독일인이 찍어버린 영원히 지워지지 않는 낙인을 육체에 새기고 완벽하게 남편 앞에 복원된다. 마치 불사조 피닉스처럼 말이다.

〈피닉스〉는 사실 애당초 내가 쓰려던 영화 〈트랜짓〉과 커다란 흐름에서 비슷한 메시지를 내포하고 있다. 과거와 현재가 긴밀하게 연결되어 있다는 것, 끝나지 않는 독일 역사의 상흔이 현재 유럽의 여러 폭력과 얽혀 있다는 것 등이 그러하다. 〈트랜짓〉이 유럽과 난민이라는 좀 더 포괄적인 틀에서 그것을 다루었다면 〈피닉스〉는 좀 더 창끝을 갈아 그 주제 의식을 예각화한 모양새다. 그 창끝은 독일 역사수정주의자들을 겨냥하고 있다. 여전히 나치를 신봉하며 홀로코스트를 부인하는 그들에게 감독은 힘주어 말하고 있는 것이다. 인정하고 기억하고 사과하지 않는 이상 과거독일이 저지른 폭력은 불사조처럼 영원히 되살아날 것이라고 말이다.

이는 현재 한국의 상황과도 크게 다르지 않다. 나는 마치 '넬리'의 심정으로 우리가 일본에 대해 좀 더 공부하고 연구하고 분석할 필요가 있다고 생각한다. 식민 지배 이후 많은 것들이 연결되었고 영향을 끼쳐왔으니 더 잘 알아볼 필요가 있다. 그러나 '지知일'을 '친일'로 환원할 필요는 없다. 일본은 2차 세계대전 최대 전범국가이면서도 제대로 된 사과를 단 한 번도 한 적이 없다. 오히려 자신들의 전쟁범죄에 대해, 서구로부터 아시아를 보호하기 위함이라는 주장을 함으로써 '자가당착'을 반복하고 있다. 그들이 해야 할 일은 오로지 복원하고, 기억하고 그 복원된 역사 앞에서 끝없이 사과하고 용서를 구하는 일뿐임에도 말이다. 그리고 우리는 그 복원된 역사 앞에서 자주 물

어야 한다. 이제, 나를 알아보겠냐고, 가해자가
아무렇지 않게 없애버리려 했던 피해자의 기억을
알아보겠냐고 말이다.

빵과 영화,

그 우정의 관계를 위하여


—— 영화 〈안녕, 용문객잔〉 (2003)

차이밍량 Tsai Ming liang


"제 딸은 작가예요."

가족 중에 누군가 글을 쓴다고 하면 뒤따라오
는 질문이 몇 개 있다. 나의 경우엔 크게 두 가지
다. "나도 글 잘 쓰는 사람이 부럽더라" 하는, 그
러니까 글 쓰는 것이 딱히 어떤 직업이라고 생각
하지 못해서 질문이 아닌 정리를 시도하는 사람

들이 첫 번째. 그다음엔 "작가요? 방송작가세요? 뭐 드라마 쓰시나?" 그나마 장르를 세분화하려고 노력하는 사람들이 두 번째. 둘 중 어떤 부류가 되었든 결론으로 치달으면 꽤나 비슷해진다. "아뇨, 소설가예요." 이 대답에 잠시간 침묵이 흐른다는 점이다. 그러고는 웹소설을 쓰는 건지, 그게 아니라면 책은 냈는지 물어보곤 하는데 이것도 결말은 한결같다.

"소설 써서 먹고살 수 있어요?"

아무래도 글을 쓴다고 하면 주로 방송 쪽이나 웹소설을 떠올리는 것 같다. 어떻게 보면 주변에 방송이나 웹소설을 제외한 글쓰기를 취미가 아닌 하나의 '직업'으로 삼는 사람이 별로 없기 때문일지도 모르겠다. 주변에 없기 때문에 '보통'이 되지 않는 것. 또 하나, 한국에서 '예술'이라고 생각되는 장르는 곧 가난을 의미하기 때문일 수도 있다.

그런데 '소설'을 쓴다고 했을 때와 비슷한, 혹은 더한(?) 반응이 돌아오는 때도 있다는 걸 알게 되었다. 바로 영화를 쓴다고 했을 때다. 소설과 영화, 그리고 예술. 아무래도 노동의 이미지와는 대조적인 것. 지금은 익숙하기까지 한 이런 이야기를 처음 들었을 때, 나는 어떤 영화를 보기 위해 영화관 앞에 서 있었다. 곧 그 영화관이 없어진다는 이야기에 찾아간 거였는데 그 순간 이건 뭐랄까, 그 영화관과 내가 비슷하게 느껴졌다고 하면 조금 웃기는 이야기일까. 자본과는 거리가 멀어 보여서, 우리 일상의 내용과는 영 다를 것 같아서 사라지는 그런 영화와 영화관들. 사실 영화나 드라마는 이제 넷플릭스나 왓챠와 같은 온라인 플랫폼들이 생겨나서 과거보단 훨씬 보기가 수월해 졌지만, 도리어 그런 플랫폼에서 선택받지 못한 그 외 영화는 더욱 보기 힘들어진 것도 사실이니까. 시대가 바뀌고 시간이 흐르며 무언가가 변하는 건 당연한 이치겠지만, 그래도 요즘 나는 부쩍 사라진 영화관들과 이 영화를 떠올리곤 한다. 차이밍량 감독의 〈안녕, 용문객잔〉.

2003년에 제작된 이 영화는 폐관되는 영화관의 마지막 하루를 담고 있다. 한때는 1000석 규모의 웅장함으로 초기 영화의 시대를 주름잡았을 복화대극장은, 시설 좋은 영화관들이 하나둘 생겨나면서 시대와 함께 막을 내릴 준비를 하고 있다. 그런 복화대극장의 마지막 상영 영화는 1967년작 〈용문객잔〉이다. 〈용문객잔〉은 대단한 수작으로 호평을 받았던 영화이기도 하다.

하지만 아무리 1967년작 〈용문객잔〉이 몇십 년 전 뜨거운 호평을 받았다 할지라도, 상업적 가치와 재미는 별반 없어 보이는 이 영화를 위해 낡은 영화관에 찾아올 사람은 많지 않다. 그런 영화(관)의 사정에 걸맞게 마지막 날의 관객들도 여느 날과 딱히 다르지 않다. 영화 도중 견과류를 씹어 먹으며 무료함을 달래는 관객, 무표정한 얼굴로 매표소에 앉아 있다가 늘상 그랬듯 화장실을 청소하고 다시 매표소에 앉아 빵을 데우는 매표소 여직원, 언제나처럼 누군가를 찾아 어두운 영화관을 헤매는 게이, 한때 배우로서 스포트라이트를 받았으나 이제는 폐관 직전의 영화관에서나 상영되는 〈용문객잔〉에 실제로 출연했던 두 배우.

그리고 이 두 노배우만큼이나, 아니 그 이상으로 오래 살아온 것처럼 보이는 존재가 등장한다. 마치 사라져가는 영화관의 오마주처럼 느껴지는 유령(이라고 주장하는 유령)이 바로 그 존재다. 사실 이들은 주구장창 이 영화관에 온 사람들, 혹은 존재들이다. 결과적으로, 영화관의 마지막 날이라는 말이 무색하게 이날은 평소와 다르지 않은 날이기도 하다. 그리고 이를 증명이라도 하듯 영화는 별다른 사건 없이, 마치 다음 날에도 이 영화관이 계속될 것처럼 극장의 마지막 몇 시간을 그저 '보여'준다. 어떻게 보면 영화관에서 사람들이 영화를 보고 있는 게 아니라 영화관이 그 사람들을 바라보고 있는 듯한 시선을 느끼게 하면서.

그러나 평범한 일상도 마지막이라고 하면 되돌아보게 되듯, 나는 자연스럽게 이 오래된 극장의 마지막을 함께한 사람들의 얼굴을 하나씩 되짚어보게 되었다. 특히 젊은 날이 오롯하게 담긴 1967년작 〈용문객잔〉에 출연한 두 노배우들을 보고 있자니 이들의 삶이 어쩐지 이 영화관과 비슷하게 느껴졌다. 사람들에게 열렬한 사랑을 받았던 이 배우들은 이제는 그저 '나이 든' 사람들로만 보인다. 하지만 영화를 바라보는 두 배우의 표정이 무겁지만은 않다. 어떤 장면에서는 이들의 표정이 기꺼운 환희에 찬 것처럼 느껴지기도 한다.

그래서일까, 어느 순간부터 우리 모두의 삶이 이 영화관과 비슷할지도 모른다는 생각이 들었다. 온통 나를 클로즈업하는 것만 같은 젊은 날에서 이제는 영화 바깥의 관객이 되어가는 듯 나이를 먹어가는 것. 웅장한 영화관에서 덩치만 큰 낡은 영화관이 되는 것이 아닐지 싶었다. 〈안녕, 용문객잔〉의 감독 차이밍량 또한 두 노배우의 영화 보기를 통해 이런 인간의 시간을 보여주려고 했는지도 모른다. 너무나 쉽게 지나쳐버리는 것에 대한 존중과 다가올 것에 대한 기꺼움. 내가 만약 영화 속으로 들어갈 수 있다면, 나는 극 중 〈용문객잔〉이 끝날 즈음 이 두 배우에게 충분한 박수를 보내주고 싶다는 생각을 했다. 그것은 가끔은 행복하고 또 어떤 날은 슬픈, 각자의 인생을 살아온 모두에게 보내고 싶은 찬사이기도 할 테니.

물론 그 찬사는 꼭 살아 있는 인간에게만 보내고 싶은 건 아니다. 나는 영화 말미로 갈수록 영화관 지박령처럼 존재하는 '존재'에게도 친근감을 느꼈다. 재미있는 건 이 유령이 등장하는 모습이다. 유령이 인간의 형체로 등장할 때가 있는데 바로 파트너를 찾아 헤매는 게이 남성 앞에서다. 그런데 실체 없는 유령보다 '실재'의 사랑을 너무 간절하게 찾아 헤맸던 걸까. 그는 유령을 본 순간 도망치듯 떠난다. 설사 영화관이 문을 닫지 않더라도, 이곳에 다시는 나타날 것 같지 않다. 물론 영화관에서 유령의 존재를 느끼는 또 다른 사람도 있다. 바로 매표소 여직원이다. 그녀는 화장실을 청소할 때, 그리고 극장을 돌아볼 때 자주 이 '유령'을 느낀다. 그런 '존재'를 꾸준히 느끼면서도 그녀는 특별한 행동을 하거나 감정을 드러내지 않는다.

그러나 영화의 말미에서 나는 비로소 그녀가 그 존재를 어떤 방식으로든 존중했음을 알게 되었다. 영화관의 문이 영원히 닫히기 전, 그녀는 매표소 안에 빵을 따뜻하게 데워두고 그곳을 나온다. 마치 그 보이지 않는 존재에게 따뜻한 빵을 대접하듯이. 나는 그제야 이 존재가 우리 곁에 있는 모든 사소하고 오래된, 어쩌면 유행에 조금 뒤떨어졌다는 이유로 그대로 사라져버릴지도 모르는 '그런 무언가'라는 생각을 했다. 영화에서는 오래된 극장과 오래전 수작으로 표현되는, 그러나 이제는 돈도 흥행도 되지 않는 영화관과 영화로 대변된 어떤 존재 말이다. 감독은 어쩌면 이 오래되고 무해한, 그리고 자본이 끝없이 흘러야만 하는 요즘 같은 시대에는 무용하다고까지 말해지는 존재들 모두에게 따뜻한 빵과 마음을 대접하고 싶었는지도 모르겠다.

나는 이 영화를 극장에서 두 번 보았다. 그런데 처음 이 영화를 본 극장은 이제 서울에서 영원히 사라지고 말았다. 여전히 내 주변에 많은 이들이 영화를 너무나 사랑하기에 결코 없어지지 않을 곳이라 생각했던 장소였다. 그리고 가장 최근, 그러니까 두 번째 이 영화를 본 곳은 한국영상자료원이었다. 앞으로의 정책이 어떻게 바뀔지는 모르지만 문화예술 지원이 지금처럼 이뤄진다면 사라질 일이 없는 곳.

그러나 나는 여전히 이러한 영화들이 사라질까 봐 걱정한다. 또 그에 따라 더 많은 이들과 함께 나누었으면 하는 바람을 갖는다. 아무리 큰 찬사에도 쓸모가 없어지면 사라질 수밖에. 영화처럼 우리 모두는 언젠가 늙고 인생의 막은 내려오니까. 그때 우리 모두의 삶이 어떤 식으로든 헛되지 않았다고 말할 수 있기를.

# 우리는 모두
## 태초의 맘모스처럼

———— 영화 〈나는 나대로 혼자서 간다〉 (2021)
오키타 슈이치 Okita Shuichi

떨어지는 운석을 보면서 사람들은 어떤 생각을
할까. 나도 실제 운석이 떨어지는 광경을 보지 못
해서 장담은 못 하지만 영상으로 볼 때의 나는 그
런 생각을 했었다. 인류를 거슬러 올라가다 보면
지구의 기원이 나오고, 이 지구의 시작점을 들여
다보면 우주의 탄생점이 나오는데, 그렇다면 이

모든 게 연관 있는 건 아닐까. 저 돌 하나도 결국
은 나와 연관된 존재가 아닐까. 그리고 그렇게 생
각하면 탄생도, 또 멸종도 거대한 과학책 속 이야
기만으로 느껴지진 않는다. 대단하면서도 또 나
와 대단히 가깝기도 한, 그러한 우리 모든 삶은
서로 연관된다. 대단하고도 소중하게. 이 영화 속
주인공 모모코도 오래전 지구의 생명체들이 공유
한 시간을 함께 사는 중이다.

그리고 이제는 탄생과 멸종 중에서 멸종의 시
간에 좀 더 가까워져 가고 있다. 사람들은 모모코
의 그런 인생 주기를 아마 '노년'이라고 부르는
듯하다. 그래, 이 영화는 노년의 삶을 보여주려
는구나, 그런데……. 흔히 노년의 삶을 보여주는
일본 영화라면 빵을 만들거나 시골에 들어가 카
페를 하는 그런 내용을 떠올리겠지만, 이 영화는
운석이 날아와 깨지고 부서지고 지구가 탄생하는
과학 다큐멘터리를 방불케 하는 첫 장면으로 우
리를 맞이한다. '대체 이게…… 뭐지?'라는 마음

이 다 가시기도 전에, 그렇게 깨지고 터진 운석의 탄생 끝에 영화는 비 오는 모모코 할머니의 어두컴컴한 집으로 돌아온다. 드디어 할머니의 이야기인가, 하면 이젠 뜬금없이 세 명의 남자들이 등장한다. 그리고 그들은 말한다.

"내는 니다."

태초 시간의 탄생과 홀로 사는 여성 노인 모모코, 그리고 젊은 남자 셋. 아무리 이 지구, 아니 전 우주가 연결되었다고 하더라도 이 조합은 대체 뭐란 말인가. 그런데 이 조합에 당황한 건 보는 사람뿐이 아닌 모양이다. 모모코는 스스로 치매부터 의심한다. 그도 그럴 것이 젊은 남자 셋은 무려 모모코가 고향을 떠나온 이후 고치려고 노력하며 거의 쓰지 않았던 그녀의 고향 사투리를 구사하기 때문이다. 병원을 가봐도 의사는 그저 노환이라며 명확한 답변을 주지 않는다.

이때부터 모모코는 치매도 예방할 겸 고대 생물사 책을 빌려 공부하는 게 유일한 취미가 된다.

모모코는 고대의 명멸하는 다양한 종들 사이에서 등장한 태초의 존재를 찾아보는 것에 특히 관심을 가지게 된다. 저 '시원'의 생명사를 통해 마치 자신의 존재 이유를 찾으려는 듯. 그러나 엇비슷한 생애 주기에도 사람의 삶은 총천연색인 것처럼, 모모코의 존재 이유는 태초까지 갈 필요도 없이, 이미 자신의 삶 속에 잘 녹아 있다. 누군가에겐 이제 늙다 못해 화석이 될 것 같은 모모코지만 내면엔 여전히 열띤 젊음이 숨어 있기도 하고 또 새롭게 나타나기도 한다. 젊은 시절이라면 도저히 혼자 해내지 못하는 바퀴벌레 잡기, 옷 다 벗고 집 안에서 춤추기와 같은 더 열띠고 새로운 모모코도 말이다.

사실상 한 명의 인간도 이렇게 다양한 내면을 숨기듯 가지고 있다면 영화의 초반부터 '나는 너다'라며 등장하는 남자 셋은 역시나 모모코의 모습 중 하나가 아닌 걸까. 사실 누구나 그렇듯 모모코에게도 사연이 좀 있다. 모모코는 정략결혼을 피해 신여성을 꿈꾸며 도쿄로 야반도주를 감행할 정도로 진취적인 여성이었다. 이 남자 셋은 그런 모모코의 열정을 보여주는 상징인 셈이다. 하지만 모든 인간이 내면 그대로 드러내고 살 순 없듯이, 이들이 자신의 내면 모습이라는 인지에도 모모코는 여전히 마냥 반갑지만은 않다. 매일 아침이면 이 '남자 셋'은 모모코에게 잔소리 아닌 잔소리를 시작한다. "일어나지 마! 일어나봐야 할 일도 없잖아"라고. 이 남자 셋, 모모코가 가리고 있던 내면을 너무나 투명하게 보여주니, 모모코로서는 불편하기 짝이 없다. 하지만 우리가 애써 지우려고 했던 것이 어쩌면 우리가 가장 오래 기억하고 싶어 했던 것이 아닐까.

모모코는 이 세 남자를 통해 차츰 젊은 날 가족을 위해, 남편을 위해 애써 잊었던 자신의 지난날을 찾아보게 된다. 모모코가 그렇게 원하던 신여성의 꿈은 낯선 도쿄에서 외로웠던 자신 앞에 고향 사투리를 쓰며 나타난 남자 '슈조'와의 사랑으로 맞바꾸었다. 그런 자신의 내면을 마주하고 나서야 모모코는 "남편이 죽었을 때 한 점 기쁨도 있었어"라고 솔직히 고백한다. 가끔은 '홀로' 살아봤으면 하고 '소망'했었음을 담담히 말한 것이다. 사실상 슈조에게 자신의 인생 절반을 반납한 것이나 다름없는 모모코에게 그런 인정은 그 자체로 '실패 선언'이 될 수도 있다.

왜냐하면 자신의 꿈을 버려가면서까지 함께했던 남자에게 가끔은 멀어지고 싶기도 했다고, 원래의 나대로 살고 싶었던 적이 많았다고 말하는 셈이 되어버리니까. 하지만 모모코는 그런 내면을 인정하는 과정을 통해 남편의 부재가 곧 자기 삶의 상실이 아니라, 독립적인 삶을 살아갈 '기회'임을 받아들이게 된다. 실제 모모코가 병원을 다녀오는 길에 그녀의 곁을 따르는 건 이제 자식도 친구도 아닌 오래전 멸종된 맘모스와 자신의 내면인 남자 셋이다. 이들이 천천히 화면 밖으로 빠져나가는 듯 걸어나갈 때 어쩐지 눈물이 날 것 같은 건 나 또한 지구상의 생명체 중 하나로 이들이 가는 길을 언젠가는 걸어가게 될 것이라는 생각 때문이었을까. 아니면 결국 그 길을 가는 건 나 자신, 오롯이 혼자라는 생각이 들어서였을까.

영화의 종반부, 모모코는 홀로 산중의 가족 묘지를 찾는다. 버스도 타지 않고 홀로 산을 오르며 모모코는 어린 시절 자신의 품을 좋아하던 자식들을 만나기도 하고 자신이 그토록 사랑했던 젊은 시절의 슈조와 함께 걷기도 한다. 그리고 그제야 슈조에게 모모코는 이렇게 말한다. "나는 다음 세상이라는 것을 믿게 되었어, 당신이 그렇게 가고 나서부터야." 모모코의 이 말은 이번 생의 완벽한 작별 인사이기도 하면서 동시에 무수히 반복되는 지구상의 탄생과 죽음을 인정하는, 그리하여 언젠가 다시 연관될 것이라는 믿음으로 건네는 다음 생의 첫인사로 느껴지기도 한다.

이것은 또한 이번 생에서 완벽한 모모코의 독립적 인생이 시작될 것이란 선언이기도 하다. 그리고 그렇게 비로소 홀로 선 모모코 앞에 아주 어린 모모코와 이십 대의 모모코, 그리고 칠십 대의 모모코가 한 화면에 잡힌다. 복잡한 내면으로 들끓었던 청년 셋은 어딘가를 함께 바라보는 모모코'들'을 애틋한 표정으로 바라보고 있다. 체념이라 해도 좋고 긍정이라 해도 좋을 미소를 나란히 짓는 그들. 아무것도 명확하게 결말내지 않았지만 이들의 표정에서 나는 비로소 이 영화가 진정한 '힐링' 영화라는 생각을 했다면 과언일까.

## 이제 나 혼자 가네요

—— 영화 〈마스터〉 (2013)
폴 토마스 앤더슨 Paul Thomas Anderson


"당신과 함께 배를 타고 중국으로 가고 싶었지
만 이제 나 혼자 가네요."

영화는 조금 거북한 장면으로 시작된다. 한 남
성이 해변의 모래사장에서 무언가를 빚고 있는
데, 자세히 보니 여성의 나체다. 그런데 이걸 인
식하기도 전에 남성은 모래로 만든 여성 위에 올

라타 성행위를 연상케 하는 행동을 한다. 주변에 있던 해군들, 그러니까 이 남자의 동료들조차 남자를 거북하게 바라보며 멀어지지만 남자는 전혀 멈출 기미가 없다. 군복을 입고 저항조차 할 수 없는 모래로 만든 나체의 여성 위에 있는 남성의 모습은 마치 전쟁 중 벌어진 강간 살인을 연상시킨다. 본래 전쟁 시 패전국의 여성들을 강간 살해하는 것은 여성들을 전리품 중의 하나로 생각하여 승전국으로서의 권력을 공고히 하고 공포를 강화하는 수단이었기 때문이다.

이 남자의 이름은 프레디. 실제 참전 군인이며, 신체적 훼손 없이 귀환했으나 그곳에서 무엇을 보았는지 그의 정신은 완전히 박살이 나버렸다. 참전 용사임에도 전쟁 후 먹고살기 위해 이곳저곳에 취직하려 노력하지만 전쟁 중 얻게 된 정신 질병은 그가 도무지 이 사회에 발을 붙이지 못하게 만든다. 언제나 술병을 휴대하며 어느 순간 참지 못하겠다는 듯 물건을 던져 불특정 다수에게 분노하는 남자, 스스로도 고백하듯 그럼에도 전혀 동정하고 싶지도 않은 남자. 영화는 이 남자를 동정하거나 합리화하는 대신 그의 찢어진 마음 상태만을 보여준다. 영화의 초반, 해군 복장을 한 그가 귀환하던 배에서 홀로 갑판 맨 위에 위태롭게 누워 있을 때 카메라는 그의 아래 활기에 찬 군인들의 모습을 보여준다. 이 장면은 다수의 사람들과 함께일 때조차 고립된 상태나 다름없는 그의 정신을 보여주는 듯하다. 사실 프레디는 전쟁에 참전하면서 사랑하던 여자와 헤어졌다. '전쟁 신부'라는 걸 들어보았는지. 2차 세계대전 당시 강간을 피하고자 딸을 가진 부모들이 군인들과 혼인을 시키는 것을 의미한다. 남자의 얼굴 한 번 보지 못하고 남편을 전쟁으로 잃은 여성들도 있었다. 어린 나이에 무작정 결혼을 하게 된 여성도 있었다. 프레디가 사랑했던 여성도 아마 그렇게, 둘은 서로의 의지와 무관하게 헤어졌다.

사랑과 군대. 너무나 어울리지 않는 이 조합.

그러나 전쟁 중 살인은 살인으로 인정하지 않는, 인간이길 포기한 이 전쟁이라는 행위는 전쟁에 휘말린 일반인들의 이후 삶은 전혀 책임지지 않는다. 순식간에 사람을 살인하고 사랑하는 사람을 잃은 사람이 된 프레디는 말할 수 없는 외상후스트레스 장애의 고통과 이런 자신을 이해해주지 않는 사회에서 다시 한번 고립감을 느낀다. 누군가에게 이 고통을 말할 수 있을까, 그렇다면 자신도 좀 변하지 않을까. 프레디의 이런 생각은 과거의 자신과 마주하며 상처를 치료한다는 '프로세싱' 연구자이자 '코즈' 연합회를 이끄는 랭케스터를 만났을 때 절박함으로 터져 나온다. 프레디는 그에게 온전히 사로잡힌다.

자, 그런데 전쟁이 빚어낸 아이러니한 상황은 프레디라는 개인에게만 나타나는 게 아니다. 전쟁이 끝난 1950년대의 미국과 유럽은 그야말로 아이러니의 집합체였다. 2차 세계대전이 끝난 후 세계는 냉전으로 돌입하며 '이성'과 '과학'으로 무장한 시대가 된다. 물론 그에 반해 예술과 개인의 가치에 기반한 세대가 등장하며 해방을 부르짖는 반문화의 시대가 도래하기도 한다. 이 영화에서도 마찬가지다. 전쟁이 끝난 후 사람들은 얼핏 과학을 바탕으로 한 이성적 사고에 자유와 예술을 즐기며 살아가는 것처럼 보인다. 프레디가 일하는 사진관에는 즐거운 사람들이 오고 코즈의 일원들도 저마다의 깊은 사유와 사상을 가진 지성인들처럼 보인다. 이런 그들의 모습에서 적군이라는, 적국이라는 이유만으로 사람을 잔인하게 죽이고 핵폭탄을 떨어뜨리고 강간 살인을 일상처럼 저질렀던 모습은 찾아볼 수 없다. 그 모습은 오히려 코즈의 일원들조차 손가락질하는 프레디에게만 남아 있는 듯 보인다. 그러니까, 국가의 명령은 거부조차 할 수 없는 일반인들에게만 말이다. 이들의 손가락질에서 알 수 있듯이 프레디 같은 동물적 인간은 정신을 치유하는 곳에서조차 쫓겨나야 할 '근대'에 어울리지 않는 인간이기도 하다. 마치 전쟁을 일으킨 권력자들은 그것이 '평화와 자유를 위한' 것처럼 부르짖으며 '국가'를 위해 헌신한 국민들을 치켜세우지만, 그들의 트라우마는 철저히 외면하듯이 말이다.

그러나 그런 '근대적, 이성적 엘리트'들의 실상은 어떨까? 이들은 자신들의 지적인 면모를 과시하면서도 '마스터'라는 하나의 인간을 절대시하는 코즈의 일원이 되려고 집착한다. 사실 이런 모습은 종교와 자본이 동시에 작동했던 1950~60년대 미국 사회와 유사하다. 아메리칸 드림이라는 희망을 교묘하게 비튼 자본과 전쟁 후 상실을 감당할 수 없던 사람들이 기대야 했던 절대자의 종교. 이 대립적인 두 가지가 얼마나 미국을 비롯한 서구 사회에서 강력하게 작동했는지를 영화는 보여준다. 재미있는 사실은 이들이 자신들은 이성적 사고를 한다고 믿으며 종교인들과는 다르다고 생각한다는 점과 치료를 위해 온 사람들끼리도 서로의 급을 구분 짓고 프레디 같은 사람은 받아들이려 하지 않는다는 점이다. 사회와 조금도 다르지 않은 코즈지만, 이런 곳에서도 유일하게 자신에게 호감을 보이는 랭케스터를 위해 프레디는 랭케스터를 욕하는 사람을 보면 폭력을 휘두를 정도로 그에게 맹신하고 또 빠져든다. 그런데 이 관계는 일방적인 것이 아니다. 랭케스터 또한 항상 자신의 이론을 믿지 못하는 불완전한 인간이었다. 자신의 밑바닥이 보일까 불안한 그는 프레디가 자신을 통해 변화한다면 자신의 이론이 완벽해질 거라는 생각에 점점 프레디에 의존한다. 절대자의 의존, 물론 그 순간 그는 이제 절대자가 아니다. 이 영화가 빚는 인간사의 아이러니는 여기서 한 번 더 빛을 낸다. 그가 프레디에게 의존하는 순간 프레디는 그에게서 멀어진다. 그리고 오히려 프레디는 랭케스터에 대한 의존이 아닌 자기 자신, 혹은 자신과 연관된 당사자를 마주하고서야 비로소 자신을 괴롭히던 것에서 벗어난다. 거기엔 마스터가 아니라 자신이 직접 찾아 나선 사랑하는 이의 소식이 있었다. 영화의 말미, 프레디가 랭케스터에게 등을 보이고 사랑했던 여인을 찾으러 가는 모습은 외롭지만 오롯이 홀로 설 수 있는 프레디의 모습이자 이 둘의 결별을 짐작하게 하는 장면이다.

이 영화에 대한 대부분의 평은, 결국 인간은 타인을 통해 구원받을 수 없으며 인간은 항상 누군가를 갈구하지만 결국 홀로일 것이라는 데 초점이 맞춰져 있다. 나 또한 그 말에 공감한다. 다만 그러한 평에 나의 개인적인 관점을 얹어보자면, 이 영화는 2차 세계대전 이후 허울만 좋은 발전 속에 허물어가는 미국, 유럽 사회 내부에 대한 강력한 은유이기도 하다.

많은 서구의 지식인들이 1950년대 마오쩌둥에 집착했다는 것은 이미 잘 알려진 사실이다. 자신의 권력을 공고히 하고자 자본주의에 대한 적대를 선언하고 혁명을 부추긴 문화대혁명을 이끈 마오를 신처럼 따르려 했던 서구 지식인의 모습은 마치 영화 속 랭케스터를 추앙하는 엘리트들과 유사했다. 마오가 부르짖던 문화대혁명이 사실상 자신을 따르지 않는 사람들을 반동분자로 낙인찍고 중국의 소수민족과 전통문화를 파괴하는 데에도 불구하고 서구의 지식인들은 이를 맹목적으로 동경했다. 블랙코미디 같은 그런 일들이 왜 일어난 걸까. 혹시 그들은 과학과 이성이라는 명목하에 정복자의 위치를 선점하고 무수한 식민지를 만들며 전쟁을 일삼았던 과거를 자신들과 다른 사상을 적극 따르고 지지한다는 제스처로 용서받고 싶었던 걸까. 그 식민지에서 다른 인종을 노예로 만들고 생체 실험을 서슴지 않았던, 자본으로 무화無化하려 했던 그런 실상에 대해 종교가 아닌 사상으로 회개하고 구원을 받고 싶었던 걸까.

만약 그렇다면 그것은 그리 쉬운 것이 아니라고 영화는 말하고 있다. 용서와 구원은 하나의 사상이나 절대자에게서 이뤄지는 것이 아니며 그렇게 회피로써 이뤄지는 것도 아니다. 영화는 자신이 죄를 지었던 대상 앞에 자신을 드러내고 마주보았을 때 용서와 구원이 가능할지도 모른다고 말하고 있는 듯하다. 그것이 문명이든 개인이든 말이다. 그렇다면 이 세상에 '마스터'는 존재할까. 존재할 수도 있고 아닐 수도 있다. 이는 자신만이 알 것이다.

5부

통행증
: 행복한 우리들의 붕괴의 시간

# 통행증


영자원에서 본 영화 중에 기억에 남는 장면들이 있다면 뭘까. 사실 너무 많다. 에이젠슈타인 특집에서 받은 충격적인 감각 같은 것도 있고 오즈 야스지로와 같은 안정적인 천재란 무엇인가를 느끼게 하는 깨달음도 있었다. 아빠가 보여주었던 많은 영화들이 다시 걸리는 것도 보았다. 그런가 하면 내 블로그 스타가 알려준 것도 있었고

CLUB H.O.T 언니들이 보여주었던 영화들도 있었다. 신기하게도 영자원의 영화들은 시간이 지날수록 내게 어떤 추억과 얽혀 있는데 그중 대표적인 것이 바로 〈아사코〉와 〈통행증〉이다. 사실 영자원에서 본 영화는 대부분 좋았기 때문에 무엇이 좋았다고 말하는 건 좀 무의미하다. 2019년이 되기 전날 나는 〈아사코〉를 보러 영자원에 갔다. 채널예스 칼럼에도 썼던 〈해피 아워〉를 보고 길바닥에서 한 장면을 따라할 정도로 하마구치 류스케 감독의 영화를 좋아하게 된 나는 무슨 연관인지 모르겠지만 한 해의 마지막엔 꼭 〈아사코〉를 봐야겠다는 생각에 빠져 있었다. 사실 〈아사코〉가 무슨 내용인지도 모르고 갔던 거였다. 나는 그때 막 『줄리아나 도쿄』 수정을 모두 마친 상태였고 갑자기 내 손을 떠나버린 원고에 대한 두려움과 초조함, 막연한 기대감 같은 게 있었던 것 같다. 그러나 나는 공항철도 출입구가 아닌 경의중앙선 디지털미디어시티역 출구로 나와버렸고 1분을 넘겨 영자원에 도착하게 되었다. 사실 늘 다니던 길이라고 느긋하게 온 내 잘못도 있고 무엇보다 〈아사코〉는 다다음 날에도 상영 일정이 있었다. 하지만 나는 돌아서는 순간 울먹이기 시작했고 영자원 계단을 올라오면서 눈물을 흘렸다. YTN을 지나면서는 심지어 어깨를 들썩이고 코를 훌쩍이며 오열하기 시작했다. 정작 지금에 와서는 내가 그날 왜 그렇게 슬프고 분했는지 기억이 나지 않는다. 다만 나 자신이 혹 일부러 영화를 놓친 게 아닐까 하는 생각이 들기도 한다. 눈물을 흘릴 구실이 필요했을 것이다.

그런가 하면 〈통행증〉을 본 날엔 영화를 보다가 눈물을 흘렸다. 직업병이 있는 나는 영화나 드라마를 보면서 잘 울거나 웃지 않는다. 일부러 그러는 건 아닌데 어느새 머릿속에서 '저건 영화나 드라마잖아, 작법을 잘 배워보자' 하는 마음이 드는 것이다. 그런 이유로 우는 경우는 극히 드문 일이 되었는데 영화 자체보다는 장면에서 흔들리는 경우가 대부분이다. 사실 〈통행중〉을 처음 보면서는 감정보다는 감탄이 앞선 상태였다. 누가 봐도 2차 세계대전 당시 쫓기는 유대인들의 상황을 전면에 내세우면서도 날짜와 시간의 흐름을 뒤섞은 것은, 당시 유대인들과 현재의 난민들의 상황이 크게 다르지 않음을 보여주면서 끝나지 않는 어떤 고통에 대해 말하고자 함이었을 것이다. 역사와 SF, 판타지는 어린 시절부터 지금까지 나에겐 마르지 않는 관심거리를 제공해준다. 이 세 가지가 한데 있는 영화란 감탄하지 않을 수 없었던 거다. 나는 이 좋은 영화를 보면서 작법을 뜯어보기에 여념이 없었다. 그런데 영화의 말미, 나는 예상치 못한 순간을 마주하며 눈물을 흘렸다. 영화 속에서 남편이 죽은 줄 모르고 위장 결혼을 거듭해가며 그를 기다리던 여주인공이 했던 말, 그는 반드시 살아 돌아올 것이라는 말. 이 장면은 어떻게 보면 영화 전체에서 튕겨 나온 스프링 같기도 했는데, 나는 그 대사에 막연하게 눈물이 나왔다. 작법이 어쩌고, 구성이 뛰어나고 이런 걸 떠나 영화에서 가장 마음이 흔들리는 건 그런 순간이다. 그러니 사실…… 영자원을 다녔던 내 마음도 항상 이런 식이었는지도 모르겠다. 영화를 본다는 핑계로 펑펑 울고 싶을 때 마음껏 울고 양심의 가책을 조금 덜어내며 시간을 쓰고, 그리고 어쩌다가는 정말 영화 때문에 울고.

충분했다. 그 시간들 모두.

# Let the right one in

영자원 전에는 광주극장이 있었다. 광주극장이 언제부터 이렇게 유명해진 걸까. 그건 잘 모르겠다. 나는 그냥 광주에 살았던 시기가 있고 그때는 이 영화관에서 틀어준 영화가 재밌어서 주로 그곳에서 영화를 봤다. 〈원스〉를 크리스마스이브에 봤던 게 기억난다. 그런가 하면 지금 생각해보면 참 신기한 이벤트를 하던 무등극장이라는 곳이 또 있었다. 내 소설 「여름잠」*에도 잠깐 언급했는데 무등극장은 한 해의 마지막 날에서 새해로 넘어가는 날 밤샘 영화보기 이벤트 같은 걸 한다. 정말 오래전 일이라 세부 규칙 같은 건 다 잊어버렸는데 중요한 건 영화를 전부 다 보고 나오는 사람이 별로 없다는 거였다. 허리도 아프고, 또 눈도 아프고…… 사실 집중력도 흐려지니까. 그래도 너무 좋은 아이디어라고 생각한다. 한 해의 마지막과 새해의 첫날을 연결해버리면 뭐가 마지막이고 시작인지 알 수 없을 것이고 이어지는 시간 속에서 살 수 있을 것이다. 내가 광주를 떠올릴 때 가장 낭만적이라고 생각하는 공간이 그곳이었다. 그리고 그곳은 사라지고 CGV가 되었다. 여기까지 쓰고 보니 문득 뉴질랜드에 있었을 때 자주 다니던 영화관도 생각난다. 이름이 리딩 시네마였고 도심 한가운데 있었다. 쿠바 스트리트가 가장

---

* 『캐스팅』(조예은, 윤성희, 김현, 박서련, 정은, 조해진, 한정현 지음, 돌베개)

큰 도심 거리였는데 거기서 조금 비켜선 곳에 있었다. 나는 주중에는 대학에서 수업을 듣고 금요일 오후부터 주말에는 아르바이트를 했었다. 지금은 모르겠는데 당시엔 학생 비자로도 주 20시간 일을 할 수 있었다. 항상 노동력이 부족한 뉴질랜드답게 일당으로 시급을 주었는데 한국에 비해 월등히 두둑했다. 나는 시급을 받아 들면 뉴월드 마켓에서 장을 보고(빅토리아 맥주와 베이글 묶음, 옐로우 테일 와인 한 병을 샀었다. 야채나 과일은 주로 베이에 마련되는 선데이 마켓에서 샀기 때문에 생략되었다) 도서관에 들렀다가 리딩 시네마에 영화를 보러 갔다. 뉴질랜드는 환태평양 지진대가 지나는 곳으로 일본만큼이나 강진이 있는 곳이다. 하루는 영화를 보고 있는데 지진이 강하게 왔었다. 나는 왜 지진이 온다고 표현할까, 생각하며 학교에서 배운 대로 자리를 가만히 지키고 있었다. 주위를 둘러보니 영화관엔 오직 나뿐이었다. '어디서 봤지, 이 장면을?' 하고 보니

무등극장과 광주극장이 떠올랐다. 그런가 하면
2019년 봄엔 도쿄의 영화관에서 영화를 보던 중
지진을 느꼈는데 이번엔 리딩 시네마가 생각났다.

아무것도 아니라고 생각했는데 많은 거였다.
나와 함께한 영화나 영화관이. 아빠의 방바닥을
떠돌던 명작들처럼 말이다.

# 나의 내장을 줄게,
# 너의 기억을 다오

—— 영화 〈메콩 호텔〉(2014)
아피찻퐁 위라세타꾼 Apichatpong
Weerasethakul

"두껍아, 두껍아 헌 집 줄게, 새집 다오."

아마 실제 두꺼비 집짓기 놀이를 해보지 않은
사람도 이 노래의 가사를 들어는 봤을 것이다. 자
료에 의하면 이 노래는 지역마다 일부분이 조금
씩 다르지만, 이 노래를 부르며 기원하는 소원은
단일하니, 바로 '집'에 대한 열망이다. 오래전부

터 한 지역에서 전해지는 노래나 이야기는 무언가 그 지역의 사람들이 중요하게 생각하거나 두렵게 생각하는 것이 포함된 게 아닌가 싶다.

가령 크리스티안 펫졸드 감독의 〈운디네〉는 물의 정령인 '운디네'에게서 그 모티브를 가져왔는데, 이 '운디네'는 누군가와 사랑에 빠지면 영혼이 생긴다고 전해진다. 진정한 인간이란 누군가를 사랑했을 때 비로소 희로애락을 느끼는 존재가 되는 거라는 유럽인들의 생각이 담겼을 것이다. 그런가 하면 십여 년 전만 해도 매해 여름 드라마로 소환되었던 '구미호'는 남성의 간을 먹어야 진정한 인간이 될 수 있다. 2020년에 펴낸 소설『소녀 연예인 이보나』에서도 언급한 적이 있지만, 조선 시대 여성 귀신이 많은 것은 남존여비의 사상 아래 억울하게 죽은 여인들이 귀신이 되어서라도 인간의 대접을 받고자 함이었다. 구미호 또한 이런 한을 드러내는 모습이었을 것이다.

그렇다면 영화 〈메콩 호텔〉의 주요 모티브인

인간의 내장을 먹고 살아가는 귀신 '폽'은 어떠할까. 태국은 조선만큼이나 귀신과 관련된 설화가 많다고 한다. 그런 태국에서도 이 폽은 '국민 귀신'이라 불릴 정도로 오랜 기간 회자되어 온 존재다. '아피찻퐁'은 이 영화 속에서 폽에 관한 영화인 〈엑소시스트 가든〉을 만드는 감독으로 등장한다. 영화는 메콩강이 보이는 호텔의 로비 테라스에서 아피찻퐁과 기타리스트인 남성이 폽에 관한 인터뷰를 하는 장면으로 시작된다. 하지만 기타리스트와 아피찻퐁의 대화는 곧 분절되듯 끊어지고, 그 자리엔 기타 선율이 흐르듯 채워진다.

영화 안에서 음악이 주로 특정 신이나 인물을 부각하기 위해 쓰인다면, 이 영화에서의 기타 선율은 시작부터 끝까지 '그냥', '계속' 존재한다. 영화를 보다 보면, 이 기타 선율은 마치 질곡의 동남아시아 역사를 모두 품은 채 끝없이 흘러가는 메콩강을 연상시키기도 하고, 눈에 보이지는 않지만 태국인에게는 분명히 존재하는 귀신 '폽'

을 떠올리게 만들기도 한다. 이 기타 선율 위로 다시 한번 흐르는 것이 있으니, 바로 끊임없이 소환되는 이야기들이다. 기나긴 세월 동안 강대국의 틈바구니에서 반복되는 고난의 역사를 견뎠지만 기록되지 못해 사라져버린 '보통의' 태국인들의 이야기. 그런 기록되지 못한 이야기들을 등장인물들의 대사로 보여주기라도 하겠다는 듯, 이들의 대화는 영화 속에서 흐르는 메콩강과 함께 내내 지속된다. 그러므로, 이 영화에서는 인간과, 영화와, 귀신과, 음악과, 강물과, 역사가 곳곳에서 흐르고 또 흘러간다. 물론 각자의 방향으로 말이다.

앞서 언급했듯, 영화의 주요 내용은 아피찻퐁이 신작 〈엑소시스트 가든〉을 만들기 위해 메콩호텔에 투숙하며 촬영하는 과정에 대한 이야기다. 한데 영화를 보고 있으면, 지금 내가 보고 있는 것이 영화 속 영화의 리허설인지, 아니면 실제 메콩 호텔에 투숙하는 사람들의 이야기인지 분간

하기가 어려워진다. 나의 경우엔 어느 순간부터는 그것을 구분하는 시도를 멈췄는데, 그러자 비로소 선명하게 드러나며 동시에 지워지는 것들이 있었다. 그것은 인간과, 귀신과, 동물과, 죽음과 삶에 대한 구분이었다. 영화 속에서 귀신 '폽'은 등장인물 중 한 명인 젊은 여성 '폰'의 어머니로 등장한다. 인간인 딸과 귀신인 어머니는 한 공간에서 서로의 이야기에 집중한다.

그런가 하면 현재를 살아가고 있는 젊은 남성이 과거의 이야기를 이미 경험한 듯 꺼내기도 하고, 반면 이미 죽은 이가 현재의 정권에 대해 비판적인 목소를 내기도 한다. 가령 귀신 폽은 어느 순간엔 확실히 죽은 사람처럼 메콩강 저편인 라오스 난민들이 지원을 받는 것이 부러웠다는 과거 어느 시절의 이야기를 하다가도, 범람 위기인 메콩강을 바라보며 살아 있는 사람처럼 걱정과 두려움을 나타내기도 하는 것이다. 이렇게 시간도, 역사도, 존재의 경계도 사라지는 이야기들을 듣다 보면, 이 영화는 귀신에 관한 이야기가 되기도, 살아 있는 사람의 이야기이기도, 또 어느 순간엔 반려인에게 잡아먹힌 동물의 이야기로 짐작되기도 한다.

종내는 이 이야기들이 하나로 연결되며, 인간과 귀신과 동물의 경계를 허물고, 과거와 현재가 무너지는 기분에 휩싸인다. 그러나 이 느슨하고 거친 연결이 낯설지 않은 것은 아무래도 이 세계는 인간만이 존재하는 것이 아니라, 실상은 보이지 않는 많은 것들이 서로 연결되어 있기 때문일 것이다. 그러니 영화 속에서 경계를 나누고 이야기를 구분 짓는 것은 무용함에 가까워 보인다. 그렇다면 이 영화 속의 폽은 이 무용한 세계 속에서 대체 왜 살아가고 있는 것일까.

영화 속에서는 세계를 이루는 많은 것들이 등장하지만 폽은 이들 가운에 유일하게 죽지 않은 존재이며 살아 있지 않은 존재이기도 하다. 이 죽지 않는 존재인 폽은 분명히 귀신이지만 심적으로나 거리상으로나 등장인물 주변 아주 가까운 곳에 존재한다. 폽은 영화 속에서 뜨개질을 하며 전래 동화를 들려주는 마음씨 좋은 어머니의 모습이다. 그런 폽이 딸에게 꺼내놓는 이야기는 지난 육백여 년 동안 자신이 보았고 겪었던 태국의 비극이다. 세월이 지나도 반복되었던 끔찍한 학살과 고난을 견뎌야 했던 태국인들의 삶, 폽은 이것이 어느 순간 딸인 폰 또한 겪어야 할 미래라고 생각했을지도 모른다.

그렇기에 어머니는 폽이 되어서도 딸에게 죄를 지었다고 고백하기도 하고, 반대로 그 시절을 견디면 좋은 시절이 올 줄 알았다는 한탄을 하기도 한다. 어느 쪽이든 영화는 이렇듯 그저 흘러가는 듯 보이는 일반인들의 역사를 메콩강에서 건져 올려 드러내고 '전달'한다. 귀신이 인간에게로, 인간이 동물에게로, 동물의 죽음으로써 인간에게로, 그리고 다시 인간이 인간에게로. 그렇기에 자신이 귀신이라고 하는 폽이자 어머니의 말을 들는 딸 폰 또한 이야기를 그저 담담하게 듣고, 위로하며 폽의 이야기에 자신의 이야기를 더해 또 다른 이에게 전한다.

그런 모습은 '폰'에게 이야기를 전해 듣는 남자도 마찬가지다. 폰의 내장을 뜯어먹는 폽의 모습을 본 남자가 두 손을 모으는 모습에서는 일말의 두려움도 있지만, 무언가 기도를 올리는 간절함이 느껴지기도 한다. 누군가를 죽이지 않으면, 미워하지 않으면 살아남을 수 없었던 사람들에 대한 연민이자 이미 죽은 사람들에 대한 애도. 그렇기에 이들은 반복되는 삶을 한탄하는 폽에게 '곁에 있어주겠다'는 위로를 전하기도 하고, 몇백 년을 기다려야 다시 만날 수 있다고 말하는 서로에게 그때도 함께하겠다는 믿음을 주기도 한다. 그렇게 이들은 그저 흐르는 메콩강을 바라보며 지나간 이야기를 서로에게 '말'하고, '듣는'다. 그리고, 이윽고는 서로에게 '뜯어 먹힌'다. 그럼에도 불구하고 계속해서 서로에게 얽히고, 기대며 살아가야 하는 사람들처럼 말이다.

영화는 어쩌면 맨 첫 장면에서 모든 것을 말했을지도 모르겠다. 메콩강을 바라보며 어머니이자 폼인 존재와 폰, 폰과 그의 연인이 대화를 나누는 장면들은 맨 처음 기타리스트와 감독이 폼에 대한 이야기를 시작하려는 장면을 떠올리게 하기 때문이다. 기타 선율이 눈에 보이는 것은 아니지만 존재하는 것처럼, 문자화되지 않았으나 분명 거기 있었던 사람들에 대한 이야기. 반복되는 역사 속에서 고난을 통과한 인간들과 동물들, 그리하여 귀신이 되어버린 어머니가 되는 폼, 그 모든 것을 바라보며 흘러가는 '메콩강의 물'이 되는 이 영화, 구술로써 이어지는 역사. 그렇다면 아마도 메콩강에 태국인들이 묻어놓은 폼은 내장을 꺼내 먹혀도 기억되고 싶은 '보통의 사람'들의 바람이 아니었을까.

# 기꺼이,
## 행복한 우리들의 붕괴의 시간

—— 영화 〈해피 아워〉 (2021)
하마구치 류스케 Hamaguchi Ryusuke

이 영화를 처음 본 날, 나는 한국영상자료원(이하 영자원)을 나오면서 친구와 마주쳤다. 당시 내가 하는 일이라곤, 할 수 있는 일이라곤 그저 영자원에서 영화를 보는 일이었으니, 다른 곳에서 친구를 마주칠 일도 없었을뿐더러, 그건 아마 당시의 내 친구들도 마찬가지라서 양쪽 다 서로가 그곳에 있다는 사실에 별로 놀라지도 않은 채 인사를 나눈 것으로 기억한다. 짧은 인사 후 나는 (아무래도) 영자원에 들어가려는 친구를 붙잡아 다짜고짜 이런 말을 했다.

"등을 대고, 서로의 기댐만을 이용해서 일어나 보자."

사실 영자원이 아니라면 친구는 나의 이 말에 '무슨 소리야?' 하고 대꾸했을 것이다. 하지만 역시나 그곳에서 마주친 사람답게 그 친구는 내가 어떤 영화를 보고 무언가를 따라 하려는 걸 눈치 챘고, 나 못지않게 영화나 소설을 보면 기억에 남는 장면을 즉시 실행해보는 녀석이었기에 별다른 질문 없이 순순히 나의 요구에 응했다. 우리는 즉시 메고 있던 가방을 가지런히 내려두고 영자원 1층 문 옆에 주저앉았다. 그리고 등을 맞댔고 "자, 일어날게" 하고는 곧장 일어섰다. 의외였다. 처음부터 우리는 완벽하게 등을 맞대고 일어섰다. "어라, 영화에서는 안 그러던데." 나의 말에 친구는 그럼 다시 해보자 했고 우리는 다시 땅에 주저앉았다. 자, 그렇다면 나와 내 친구는 그 뒤에도 별다른 잡음 없이 곧장 서로를 기대며 온전히 일어설 수 있었을까.

이 답을 들려주기 전 나는 영화 속 주인공들에게 그 질문을 돌려보려고 한다. 이 영화의 주인공은 삼십 대 후반의 여성들로, 영화 속에서 서로의 등을 지지대 삼아 일어서는 이 장면이 처음 나온 것은 주인공 중 한 명인 후미가 일하는 문화재단에서 우카이가 진행하는 프로젝트인 3.11 대지진 이후 바다에 쓸려온 의자를 세우는 워크숍 중에서였다. 중심이 잡히면 아주 작은 면적에서도 홀로 서게 되는 의자. 3.11 대지진 이후 붕괴된 사람들의 삶도 이렇게 설 수 있다면 얼마나 좋을까. 하지만 사람은 또 사람이기에 다른 지지대가 필요한 것인지도 모른다. 우카이는 타인의 등을 지지대 삼기를 요구한다. 이어서 우카이는 타인의 배에 서로의 귀를 대고 밑바닥에서 올라오는 타인의 소리를 들어보라고 권유하기도 한다.

주인공 네 사람은 친구 후미의 부탁이지만 워크숍에 참가하여 서로의 등을 맞대고 일어서보기도 하고 처음으로 타인의 배에 귀를 대고 소리를 들어보기도 한다. 아마 아주 가까운 가족조차 듣지 못했을 그 소리를 말이다. 아니, 어쩌면 너무나 가까웠기에 들을 수 없는 배 속 깊은 곳에서 나는 타인의 소리를 그들은 워크숍을 통해 서로 나누고 듣는다. 이런 워크숍의 속성은, 우카이가 이 워크숍에 대한 질문을 받으며 "결혼이나 약혼과 같은 제도 속에 들어갔을 때 안온함을 느끼지만, 한편으론 타인을 너무 배려하게 되기에 자신의 균형을 잃어버릴 수 있다"라고 말한 것과 얼추 연결되기도 한다. 온전한 자기 자신의 균형 잡기. 그런데 아이러니하게도 이렇게 자신의 균형을 찾는 이 워크숍을 기점으로 주인공 네 사람, 준과 후미, 사쿠라코와 아카리의 삶에는 균형이 아닌 균열이 시작된다.

물론 이 균열은 보이지 않았을 뿐 워크숍 이전에도 있었던 것이었다. 준은 벌써 일 년이 넘는 시간 동안 이혼 소송 중이었고 아카리는 이미 이혼한 후다. 사쿠라코나 후미는 행복한 결혼 생활을 하는 듯 보이지만 둘은 표면의 평온을 유지하기 위해 상대의 깊숙한 곳을 건드리지 않는 방법으로 우회하고 있었다. 결혼을, 혹은 관계를 유지하기 위해 속내를 말하지 않는 두 사람과, 이혼을 하기 위해, 그리고 그 상처에서 벗어나기 위해 필사적으로 모든 걸 말하는 준과 아카리.

　이들은 말하고 있지만 무언가를 말하지 못하고, 모든 걸 다 말하지만 온전히 전달되지 못한 말들이 남아 있는 사람들이기도 하다. 그리고 또하나. 이들은 모두 제도에서 벗어나거나 벗어나려고 하거나, 벗어나지 않고 싶어 하지만 이미 그 제도가 무너지고 있다는 걸 느끼는 사람들이다. 그렇기에 이들이 귀를 대고 배 속의 소리를 듣는 타인은 제도 속에 함께 있는 연인이나 가족이 아닌 타인들이거나 타인에 가까운 사람들이다. 가령 후미는 더 이상 자신을 사랑하지 않는 남편의 배에 귀를 기울여보지만 아무것도 듣지 못한 듯 그저 이불을 덮어주고 돌아선다. 그런가 하면 준이 전남편의 아이를 임신한 채 떠나는 곳에서 자신의 배 속 소리를 들려주는 사람은 사쿠라코의 어린 아들이다.

이렇듯 상상하지 못할 방식으로 이야기가 사방으로 튀고 제도는 비틀리면서 이 영화가 주목하는 또 하나의 중요한 요소가 등장한다. 그것은 바로 관계다. 공교롭게도 이 '관계'는 영화 속에서 제도가 부서지는 자리에 들어온다. 사실 영화는 네 명의 여성뿐 아니라 삶이라는 것이 원래 이렇게 서로를 파고들며 얽혀 있다는 걸 보여주기라도 하듯 무수한 인물들을 등장시킨다. 게다가 이들 모두가 자신의 이야기를 서운치 않게 넉넉한 시간으로 들려준다. 적어도 누구 하나 '입장'을 가지지 않은 사람이 없게 되는데, 재미있는 사실은 그 '입장'이 모두 다르다는 것이고 이런 입장을 갖게 되었다 한들 그것이 곧장 깊은 관계로는 이어지지 못한다는 것이다. 이 관계의 어려움과 입장의 다름은 영화 곳곳에서 드러나지만, 유독 선명했던 장면은 워크숍에서 우카이의 친구로 등장했던 사내와 사쿠라코가 영화 말미에서 다시 만나 하룻밤을 보내는 부분이다. 표면적으로만 화목한 부부의 모습에 회의를 느끼고 있던 사쿠라코는 사내와 밤을 보낸 뒤 집으로 돌아와 남편에게 그 사실을 솔직히 말한다. 이야기를 들은 남편은 사쿠라코에게 이제 그 남자에게 갈 거냐고 묻는다. 하지만 사쿠라코는 "그 남자의 연락처도 모른다"고 대답하며 '관계'는 남편과만 유지될 것임을 피력한다.

결국 사내와 사쿠라코는 서로의 배 속 소리를 듣는 타인에서 이젠 연락처도 모르는, 적어도 다신 관계를 맺을 일이 없는 '완벽한 타인'이 된다. 그러니 타인과의 적절한 거리감과 자신에 대한 균형이 유지될 때 만들어질 수 있었던 관계는, 그 거리감과 균형이 사라진 순간 깨져버리고 만 것이다. 반대로 아주 어린 시절부터 연인으로 거의 한 사람처럼 붙어 다녔던 사쿠라코와 그의 남편은 이제 적절한 거리감 속에서 다시금 각자의 입장과 균형을 찾을 것이란 예감을 준다. 후미와 그의 남편도 마찬가지다. 후미의 남편이 어린 소설가를 사랑한다는 것을 인정한 순간 이들을 묶고 있던 제도는 끝나는 듯하지만, 이 솔직한 대화 끝에 일어난 남편의 사고는 둘의 관계를 계속 이어지게 만든다. 아이를 임신한 채 일 년여 동안 이혼을 요구했던 준과 전남편의 관계도, 전남편의 말처럼 이혼 소송을 통해 비로소 서로의 이야기를 듣게 되면서 시작되었다. 제도를 벗어난 자리에서 그들은 관계의 균형을 되찾은 것이다.

그렇다면 이들에게 행복한 시간이란 결국 무엇이었을까. 이 대답을 하기 전, 다시 나와 내 친구의 붕괴로 돌아가보자. 친구와 나는 그 뒤로 몇 번이나 더 서로의 기댐만을 이용해서 일어서보려고 했다. 신기한 일은 그 뒤엔 한 번도 맨 처음처럼 매끄럽게 성공한 일이 없다는 것이다. 한 대여섯 번 실패를 경험하고 나서 친구는 영화를 보기 전 생각을 정리하고 싶다며 인사를 하고 떠났고 나도 집으로 돌아오며 그 실패들에 대해 생각했다.

그리고 그 답은 의외로 영화에서 봤던 대사에서 건져 올릴 수가 있었다. 상대를 너무 배려하기 시작하면 나 자신의 균형이 붕괴되기 시작한다는 우카이의 대사. 그러니까 나와 내 친구는 처음 온전히 이 자세와 자신에게만 집중했을 때 오히려 서로를 지탱하며 일어설 수 있었다. 그 뒤부터는 '지금 일어서야 하나?', '아까 조금 늦게 일어설걸 그랬나?' 마치 '상대'를 고려하는 듯 '눈치'를 보며 집중하지 못했던 것이다.

결국 이 영화 속 행복한 시간이란 결국 타인과의 관계 속에서 나의 균형을 잡는 것. 내 안으로의 붕괴를 이끌어내는 것. 타인의 등을 통해서가 아니라 내 안의 균형으로 일어서는 것 아니었을까.

그 균형을 찾기 위해 기꺼이 붕괴되면서 말이다.

## 끔찍하게 행복한 라짜로,
## 아니 너와 나

—— 영화 〈행복한 라짜로〉(2019)
알리체 로르와커 Alice Rohrwacher

초등학교를 다닐 때 돋보기로 개미를 관찰하는 수업을 들은 적이 있다. 나는 선생님이 시키는 대로 개미 앞에 빵가루 하나를 흘렸고, 곧 몰려온 개미들이 그것을 이고 지고 하는 것을 볼 수 있었다. 나에게는 별것 아닌 빵가루가 이 개미에겐 이토록 크고, 또 중요하게 지고 가야 하는 것이라니.

아직 어린 나이라 그때의 충격을 이런 구체적인 문장으로 표현하진 못했지만 비슷한 느낌을 받았던 것 같다. 또, '이제 언니가 개미가 무섭다며 죽여달라고 해도 웬만하면 죽이지 말고 밖으로 보내줘야겠다'는 생각도 했다.

조금 황당하게도, 내가 과자를 많이 흘리는 게 개미한테는 이익 아닌가 하는 생각은 길게 이어지지 못했다. 실험이 끝나자 선생님은 우리에게 일어나라고 말했고 그 말이 떨어지기 무섭게 옆에 서 있던 남자아이가 개미를 손으로 뭉개 죽였다. 뭐 그 아이뿐만은 아니었다. 내가 "어?"라는 소리를 내자 우리를 돌아본 선생님은 내게 쉿 하는 듯 제스처를 지어 보이며 곧 자리로 돌아갔으니까. 그런데 왜였을까. 나는 이 영화 시작부터 끝까지 줄곧 그날이 떠올랐다. 개미와 그 개미를 보던 사람들.

이 영화는 '인비올라타'라는 작은 마을의 일상에서부터 시작한다. 사랑을 고백하는 이와 그들을 둘러싼 작은 축제. 옷차림은 남루하나 그들의 사랑은 보는 이들을 웃음 짓게 만든다. 언뜻 1970년대의 농촌 풍경이 그랬을까? 그런데 귀엽고 아름다운 풍경이라는 생각은 그다지 오래 지속되지 못한다. 도시로 떠나겠다는 커플의 말에 얼굴이 굳는 사람들. 이 불안한 정적의 실체는 곧 드러난다. 그것은 중개업자 니콜라와 마을 사람들을 담배 농장의 노예로 부리면서 배를 채운 후작 부인의 등장으로부터다. 그러니까 이 모든 것은 간단하면서도 꽤나 끔찍하다. 이 마을 사람들은 어린아이부터 노인까지 평생 후작 부인이라는 담배 제조업자에게 무상으로 노동력을 착취당한 것이다. 그런데 심지어 니콜라가 마을 사람들을 위하는 척 만들어가는 장부에 기입되는 것은 오로지 빚이다.

그들의 논리는 이러하다. 원래 이 영토와 이곳의 모든 동식물은 후작 부인의 소유인데 그녀가 자비를 베풀어 마을 사람들을 먹고살게 해준다는 것. 이런 논리 안에서 늑대가 잡아간 닭마저도 니콜라는 마을 사람들에게 그 가치를 물어내라고 뒤집어씌운다. 지독한 착취의 현장. 작은 돋보기로 개미를 들여다보았을 때, 개미는 그저 근면하게 일하는 것이었지만 돋보기의 범위를 확대했을 때 눈에 들어왔던 건 그들이 먹이를 옮기는 곳이었다. 그들은 일만 하고 먹이를 취하지 않는다. 그리고 이를 모두 들여다보고 있던 우리 인간들, 언제든 개미 따윈 죽일 수 있는. 그런 우리의 실험을 모두 지시했던 또 다른 인간 어른. 지독한 착취의 굴레. 어쨌거나 영화가 만약 여기까지였다면 우리는 이국의 오지에 갇힌 농장 노예의 실상에 경악하는 르포 프로그램을 본 것이었겠지만, 당연하게도 영화는 여기서 멈추지 않는다. 라짜로가 등장하기 때문이다.

'라짜로.' 아마 성경을 읽은 사람들은 이 낯익은 이름을 기억할 것이다. 예수가 부활시킨 성인 '나사로'. 성경에서는 신이 라짜로를 부활시키지만 영화에서 라짜로는 늑대가 부활시킨다. 자연의 형상으로 온 신일지, 자연 그 자체일지 모르지만(나는 후자라고 말하고 싶다) 자연 치유된 라짜로가 깨어났을 때 이미 마을은 텅 비어 있었다. 자신의 목적 때문이긴 했지만 라짜로를 유일하게 인간답게 대해줬던 후작 부인의 아들 탄크레디가 벌인 소동으로 마을엔 경찰이 들어왔고, 이를 계기로 마을 사람들은 모두 도시로 나가게 되었기 때문이다.

그리고 비로소 이름을 지니게 되지만 너무 오랜 기간 후작 부인에게 착취당한 그들은 맨발로 걸을 수 있는 개천마저도 빠져 죽는다고 생각하며 두려워한다. 그런 그들이 도시로 나가는 건 기쁨일까. 그런데 이런 걸 따지는 것 자체가 모순이다. 이것은 도시의 삶이냐 전원의 삶이냐 하는 호불호의 문제가 아니기 때문이다. 그들에겐 그런 선택지 자체가 없었고, 그것을 빼앗은 자는 후작 부인 일당이기 때문이다. 물론 외면적으로 도시

에 나간 마을 사람들의 삶은 남루하기 짝이 없으
며 그들은 도둑질과 작은 사기로 연명하고 있다.
하지만 적어도 그들이 자립했고 공동체를 이루고
있다는 점은 시사하는 바가 있다.

그리고 그들 앞에 몇 년의 시간을 두고 자연 그
대로의 모습인 라짜로가 등장한다. 모두가 그를
알아보지 못할 때 라짜로의 등장에 무릎을 꿇으
며 환대하는 이가 있으니 바로 '안토니아'다. 그
녀는 인비올라타에 살았을 적 후작 부인의 수발
을 든 경험이 있는 사람이다. "이렇게 많은 숟가
락과 포크가 있는데 후작 부인은 우리를 초대하
지 않는다"라고 말했던 안토니아. 그들은 라짜로
에게 음식(과자이지만)과 옷(훔친 것이지만)을
주고 잠자리를 제공한다. 그리고 라짜로는 그들
이 머무는 숙소 근처에서 치커리 같은 식재료를
발견하고 알려준다. 재미있는 사실은 이렇게 아
무것도 없는 맨몸의 라짜로조차 그들에게 자연의
소중함과 가치를 알려주는데, 그들을 착취로부터

구해줬다는 국가는 딱히 해준 것이 없어 보인다는 점이다. 자유를 준다며 인비올라타에서 도시로 이주시켰지만, 자본주의 사회에서 살아본 적이 없는 그들에게 적절한 보상도 없는 도시에서의 삶은 실제 자유라고 할 수 없기 때문이다. 처참한 가난의 굴레는 일인 독재를 연상하게 하는 사회인 인비올라타에서뿐 아니라 자본주의 사회인 도시에서도 지속된다.

그러므로 그들이 비록 사소하지만 물건값을 올려 받는 사기를 쳤을지언정 그것이 결코 나쁘게만 보이지 않는다. 오히려 살기 위한 노력으로까지 보이는데, 이것은 후작 부인의 아들 탄크레디와 마을 사람들을 노예처럼 부렸던 니콜라의 딸의 행태와 대비되며 더욱 선명해진다. 탄크레디는 애당초 자신의 어머니를 경멸했음에도 불구하고, 과거의 영광을 잊지 못하고 여전히 한탕주의에 빠져 있다. 그는 마을 사람들 앞에 나타나 재력가인 척하며 집으로 초대한다. 처음으로 후작 부인 일가에 초대를 받은 마을 사람들은 아껴놓은 돈으로 최고급 디저트까지 사서 찾아가지만 탄크레디는 기억조차 하지 못하고, 니콜라의 딸은 디저트만이라도 줄 수 없느냐며 사정한다. 자본주의 사회의 진정한 계급이란 이런 걸까. 마을 사람들은 과거에는 비록 후작 부인의 노예로 살았으나 지금은 오히려 그 반대다. 왜냐면 그들에겐 최고급 디저트를 선물할 수 있는 돈이 있기 때문이다.

자, 그런데 여기서 문제가 다시 생긴다. 남의 말을 의심할 줄 모르는 라짜로는 자신에게 인간적으로 대해주었던 탄크레디의 변화가 못내 마음이 아프고, 그런 차에 니콜라의 딸이 했던 말이 떠오른다. 자신들을 그렇게 만든 건 '은행'이라는 말. 사실 우리에게 그 말은 '이게 다 자본주의 탓이다' 정도로 들리겠지만, 그 사회에 스며들지 않은 라짜로에게 그 말은 실질적으로 다가온다. 결국 은행에 찾아가 탄크레디의 돈을 돌려달라고 말하는 라짜로. 경기가 좋지 않아 잔뜩 민감해 있던 사람들은 그가 노력도 없이 돈을 가지려는 도둑이라고 생각하고, 경찰의 제지에도 불구하고 그를 때려죽이고 만다. 결국, 자연이 살려놓은 라짜로는 국가가 아닌 일반 국민들에게 죽임을 당한 것이다. 그리고…… 정말 그럴까. 국가도 제도도 아닌 국민들이 그를 죽였을까.

하지만 그가 죽은 곳은 자본이 집약되어 있는 도심 한가운데 국립 은행이었다. 과연 국민들이 그를 죽였을까. 아니면, 그게 아니라면 국가가 만든 자본이 그를 죽였을까. 그것은 생각하기 나름이겠지만 라짜로의 모습에서 착취의 착취를 거듭하다 결국 가장 약한 사람들끼리 서로를 치고받아 죽게 만드는 이 세계의 질서를 생각해보지 않을 수 없다. 영화의 초반, 탄크레디가 어머니인 후작 부인에게 라짜로를 가리키며 "쟤는 누군가를 착취하지 않을 것 같아"라고 말했을 때 후작 부인이 했던 대답이 떠오른다. "아니, 그건 불가능해."

그렇다. 그건 살아서는 불가능하다. 이런 자본주의 사회에서 살아 있는 우리 누구도 타인을 완벽하게 착취하지 않을 수는 없을 것이다. 그래서 라짜로는 죽었고, 그래서 행복할 수밖에 없다. 끔찍하게 행복한 라짜로 그리고 어쩌면 너와 나, 우리.

# 그러고 나서

―― 영화 〈이다〉 (2015)
파벨 포리코브스키 Pawel Pawlikowski

누구나 한 번쯤은 이런 생각을 해봤을 것이다. 그러니까 '적어도 신이 있는가?'라는 질문에 대해 생각해본 적은 없을지 몰라도 '왜 저런 착한 사람들에게 끔찍한 일이 일어난 거야?'라든가 '갑자기 이게 다 무슨 일이람?' 하는 의문을 갖게 되는 경험. 이런 생각 정도는 아마 모두가 한 번쯤은 해봤을 것이다.

그런가 하면, 어린 시절의 나는 신을 찾아다녔다. 내 어린 시절에 잃어버린 한 사람에 대해, 아니 그 사람을 잃어버리고 미쳐버린 내 주변 사람들이 갖는 고통을 되묻기 위해서. 미쳐버린 내 주변 사람들은 딱히 큰 잘못을 저지른 적이 없는 것 같은데 어째서 그들에게 고통을 주는가. 하지만 돌아온 답은 항상 그것이 신의 뜻이라는 것이었다. 모두들 그렇게 누군가를 보내고 또 살아가고 또……. 그때마다 나는 되물었다.

"그러고 난 다음엔요?"

누군가가 떠나고 잊히고 또 누군가를 알게 되고 새로운 기쁨이 생기고 그런 것이 삶이라면, 그게 신의 뜻이라면 그리고 그다음엔? 그다음엔 무엇이 남았나요? 그 역시 신의 뜻이라는 그 말. 종내 나는 그 말을 결코 받아들일 수가 없어서 나만의 세계를 만드는 소설가가 되었다. 그리고 그 세계에 신은 없지만…….

이런 나와 달리 이 영화 속 주인공 '이다'는 신의 존재에 별다른 의문이 없는 사람이었다. 이다는 태어나보니 어느 교회에 던져지듯 버려져 있었고, 오로지 그곳에서 자신의 쓰임을 인정받으며 자라왔다. 이다에게 신이란 태어난 순간 갖춰진 요람 같은 것. 그런 이다가 수녀가 되고자 하는 것은 당연한 수순일지도 모른다. 그러나 인생이라는 것은 그렇게 순서대로 이뤄지는 것은 아닐지도 모르겠다.

　고약한 신의 뜻은 이다의 인생에 처음으로 균열을 가져온다. 수녀가 되는 서원식을 하기 전, 이다는 교회 사람들의 권유로 이모를 만나기 위해 교회 밖으로 나선다. 항상 술과 남자에 취해 있는 듯 어딘가 공허한 표정의 이모. 이다는 자신을 낳아준 부모가 궁금했을 뿐이었는데, 그런 이모는 뜻밖의 이야기를 꺼낸다. 이다가 유대인이며 그의 부모는 돌봐주었던 이들에게 배신을 당해 무덤조차 찾지 못할 어느 곳에 매장되었을 거라는 이야기였다. 그럼에도 불구하고 자신의 부모를 찾아보겠다는 이다에게 이모는 알 듯 모를 듯한 표정으로 이런 말을 남긴다.

"그러다 너의 신을 의심하게 되면?"

그러나 하나뿐인 조카 이다가 안타까웠던 걸까. 이모는 이다와 함께 이다의 부모이자 이모의 여동생이며 전쟁 당시 무차별 죽임을 당했던 한 유대인 부부의 흔적을 찾아 나선다. 물론 그 흔적의 추적 과정은 모두가 예상한 그대로다. 전쟁 중 죽임에 대해 더 이상 묻지 않아주길 바라는 가해자들. 모든 것이 지나간 일이니 자신들에게 땅을 주면 시신을 매장한 장소를 알려주겠다는 뻔뻔함까지 갖춘 가해자들. 그 가해자들의 얼굴은 너무나 선하고 또 가난하고 보잘것없는 '보통' 사람의 모습이기까지 하다. 누군가, 저 멀리서 그 장면을 본다면 어리숙한 농부를 착취하는 수녀와 귀부인이라고 착각할 수 있을 정도로. 기이하게도 그런 강압적인 표정이 될 수밖에 없는 이다와 이모는

그런 '보통' 사람의 가엾은 얼굴을 한 가해자가
땅을 파는 동안 그저 망연히 앉아 조금씩 드러나
는 학살의 장소를 바라볼 뿐이다.

그리고 이내 드러난 백골들. 가장 작은 두개골
은 이모의 어린 자식이었다. 이모는 이다의 부모
에게 자신의 어린 아들을 맡기고 전쟁터로 나간
것이다.

"누굴 위한 전쟁이었는지……."

한 번도 안아주지 못한 어린 아들의 백골을 품
에 안은 이모의 말처럼, '단지 유대인이어서' 죽
였다는 가해자의 말처럼 대체 그 전쟁이 불러온
참상은 과연 무엇을 위해, 또 누구를 위해 이뤄
진 것이었을까. 자신이 죽인 사람들을 묻은 자리
에 쪼그리고 앉아 수녀가 되려는 이다에게 죄를
고백하는 가해자의 지독하게 평범한 얼굴 앞에서
이다는 아무 말도 하지 못하고 그저 교회로 돌아
갈 준비를 할 뿐이다. 그러나 교회로 돌아간 이다
는 선뜻 서원식을 하겠다는 말을 하지 못한다. 이

다가 그렇게 알 수 없는 머뭇거림 속에 있을 때, 이모는 평소처럼 술에 잔뜩 취하고 알지 못하는 남자와 하룻밤을 보낸 뒤, 여느 때처럼 일어나 아침을 먹는다. 담배를 한 대 피우고 음악을 잘 켜둔 다음, 그리고. 그러고 나서. 이모는 창문으로 뛰어내린다.

그래, 그러고 나서. 더 이상 할 수 있는 게 없으니까, 그러고 나서 이모는 더 이상 할 수 있는 게 없었을 뿐이니까.

영화 속 생전 이모의 마지막 말은 "숨겨둔 머리카락이 참 예뻤는데 항상 가리고 다닌다"는 거였다. 그게 대체 누구냐는 남자의 질문에 이모는 '이다'라고만 짧게 말한다. 죽기 직전까지 자신을 걱정해준 단 한 사람마저 잃게 된 이다는 처음으로 머리카락을 드러내고 이모의 하이힐을 꺼내 신고 한껏 옷을 갖춰 입은 다음 담배를 피운다. 생전 이다가 질색했던 이모의 모습처럼 술을 잔뜩 마시고 남자와 춤을 추고 하룻밤을 보낸다. 아니,

적어도 이다는 그 남자를 사랑했으니까 이모와는 다른 걸까.

남자는 이다에게 기대감에 찬 말투로 자신이 공연을 하는 곳으로 함께 여행을 가자고 한다. 그곳에서 해변도 걸으며 함께 지내자고 말하는 남자. 이다는 그런 남자를 보며 미소를 띤 채 묻는다. 그러고 나서? 결혼도 하고 아이도 갖고 강아지도 키우자는 남자. 이다는 계속 물을 뿐이다.

"그러고 나서?"

어느 순간 나는 이다가 남자가 아닌 신에게 그 질문을 하고 있다고 느꼈다. 용서하고, 이해하고, 또 용서하고. 그리고, 그러고 나서, 그러고 나서는요? 더는 할 수 있는 용서가 없고 이해할 수 없다면, 그렇다면 그러고 나서는요?

이다가 남자에게 혹은 그 어떤 존재에게 그 질문에 대한 대답을 들었는지는 모를 일이다. 다만, 아침이 밝아오자 이다는 다시 수녀복 차림을 하고 길을 나선다. 이다가 교회로 돌아갔을까. 그것도 모르겠다. 하지만 나는 이다가 그러고 나서 창문으로 뛰어내리지 않았다는 것만은 안다. 이다가 교회 밖에서든 안에서든 자신의 일상을, 삶을 살아가기 위해 걸었다는 것만은 안다.

그러고 나서 이다는 어떻게 되었을까. 또, 이 영화는 어떻게 되는 걸까. 이것 또한 모를 일이다.

이 영화를 칼럼으로 쓰겠다고 생각하며 다시 본 그날, 공교롭게도 친구와 신에 대한 이야기를 나눴다. 나는 어린 시절의 나와 마찬가지로 "그런 고통을 겪을 때, 그 답을 바랄 때 신은 거기 없었던 것 같은데"라고 말했고, 친구는 "신은 그런 답을 해주는 존재가 아니니까"라고 답했다. 하지만 나는 이제 어린 시절과 달리 친구에게, 그 누군가에게 "그다음엔? 그럼 그다음엔? 신이 그러면 그다음엔?" 하고 묻지 않았다. 화가 나지도, 분에 차지도, 슬프지도 않았다. 친구와의 대화 끝에 결국 하하, 진심으로 웃어버렸을 뿐이다. 나는 신이 존재하냐, 하지 않느냐보다 친구와 대화를 나누는 그 자체가 더 좋았으니까.

영화 속에서 어쩌면 "신의 존재를 의심하게 될지도 모른다"고 말했던 이다의 이모가 신을 한 번도 의심하지 않은 것처럼 보였던 이다보다 더욱 신을 믿었던 것일지도 모른다. 이모는 그래서 끝내 답을 하지 않는 신을 찾아 창문으로 뛰어내렸을 것이다. 나와 이다는 어떨까. 폴란드의 국민 영웅이라는 텅 빈 칭송이 울리는 이모의 장례식에서, 그 헌사보다 건너편 나무에 기대어 있던 사랑하는 남자의 존재로 위안을 받았던 이다, 그런 이다는 어떨까. 신이 없다 한들 이다는 또 살아가겠지. 그러니 하나는 알 수 있었다. 이다 또한, 나 또한 창문이 아닌 문을 열고 계속 눈길을 걸으리라는 것. 그 점 하나는 이 영화 끝에 알 수 있었다.

# 죽거나 죽기 직전
# 누굴 죽여야 하거나

───── 영화 〈몬스터〉 (2004)
패티 젠킨스 Patty Jenkins

영화 이야기를 하기 전, 한 사람에 대한 이야기를 하려고 한다. 윤금이. 윤금이는 1992년 10월 28일 동두천 술집에서 주한 미군에게 잔혹하게 살해당했다. 당시 이 사건은 주한 미군 철수 시위로 이어질 정도로 한국 사회에 커다란 반향을 일으킨다. 그러나 이 반향의 중심에 있었던 것은 인간 윤금이의 죽음이 아니었다. 일부 보수 진영에서는 '양공주 하나 죽은 것이 무슨 큰일이냐?'며 그녀를 모욕했고, 이에 맞선 진보 진영에서는 그들의 발언을 비난했지만, 사실상 그들 또한 이 사건을 온전히 한 인간의 죽음으로 본 것은 아니었던 것 같다. 당시 시위 등에 뿌려진 전단을 보면 윤금이의 육체는 미군에 짓밟힌 조국의 산천으로 묘사되어 있고, 그의 죽음은 시위를 독려하는 하나의 매개로 작동하고 있다. 결국, 진보든 보수든 그들에게 윤금이는 그저 국가 간 권력 사이의 무엇일 뿐이었다.

그런데 대체 왜, 그러니까 대체 왜. 어떻게 한 인간의 죽음의 초점이 오로지 국익에 대한 논의로 맞춰질 수 있었던 걸까. 그렇다면 그런 곳에서 피해자는 대체 어디에 있을 수 있는 걸까. 이런 질문을 하면 누군가가 또 말한다. 어차피 그녀는 돈을 목적으로 자신의 육체를 판매한 게 아니냐고, 그러니 그건 그녀의 선택이 불러온 결과라고 말이다. 하지만 멀리 갈 것도 없이 우리의 인생에서 했던 선택들을 돌이켜보면, 그건 단순히 객관식 시험 1번이나 2번을 고르는 그런 유의 것이 아니었다. 삶 속에서 어떤 선택을 하기까지는 각자를 둘러싼 환경, 주변과의 관계, 자신의 내면 등 무수한 고려 사항이 있었다. 그러니 윤금이의 선택(그것을 굳이 선택이라 한다면)을 두고 보려고 해도, 우리는 반드시 한국 사회의 불평등한 구조와 혐오, 편견을 모두 둘러봐야 한다. 그랬을 때 다시 물어보자. 과연 윤금이는 그 시기 동두천의 한 술집에서 일하는 것 외에 충분한 선택지를, 답지를 가질 수 있던 사람일까. 그리고 그런 사람이 결정했던 무언가를 과연 정말 선택이라 부를 수 있는 건가. 물론 이렇게 내몰린 사람들도 선택을 하기는 한다. 다만 그것은 삶에 닿아 있지 않다. 생존에 닿아 있다, 죽지 않기 위해 죽이는 생존.

영화 〈몬스터〉의 주인공 '리(에일린)' 또한 선택지가 충분하지 않은 사람이다. 여덟 명의 남성을 살해하고 법정에 서게 된 리. 어린 시절 리는 텔레비전을 보며 연예인을 동경하던 평범한 소녀였다. 그러나 가족의 생계를 위해 열세 살 때부터 그녀는 거리의 성매매 여성이 되었다. 가족들은 그녀의 돈으로 생활하면서도 그녀를 비난했고, 리는 결국 집을 나와야 했다. 물론, 특별한 기술 하나 없는 리는 여전히 거리로 나갈 수밖에 없다. 끝없이 반복되는 이런 삶에 지쳐버린 리는 결국 삶의 의미를 잃고 자살을 결심한다. 그렇게 죽음을 목전에 두고 마지막으로 술을 마시기 위해 들어선 어느 바. 리는 그곳에서 자신과는 너무나 다른 모습의 한 사람을 발견한다. 아니, 어쩌면 고향을 떠나기 전 자신의 모습과 너무나 유사한 거울 같은 모습의 그녀, 셸비. 셸비는 자신이 동성애자라는 걸 인정하지 않는 가족들로 인해 극도의 외로움을 갖게 된 사람이다. 마냥 맑아 보이는 그녀의 내면엔 자신을 무조건적으로 사랑해 줄 사람에 대한 갈증이 깔려 있다. 그러나 이 '무조건적'의 기준은 상호적인 것이 아니라 일방적인 것이다. 하지만 이런 과도함조차 리에겐 반가움으로 다가온다. 이 세상에 자신이 필요한 누군가가 있다는 것, 리는 아직 자신이 세상에 필요한 사람이라는 느낌까지 받는다. 그것은 리가 가장 바라던 작은 소망 같은 거였다. 돈으로 거래할 수 없는 마음을 나눌 누군가에게 필요한 사람, 사람들은 그런 것을 아마도 사랑이라고 부르는 듯했으니 말이다.

하지만 그런 사랑도 결국 생활을 이기기는 어려운 것일까. 셸비와의 사랑을 지키기 위해 리는 다시 돈이 필요해진다. 돈만 있으면 폭력을 행사해도 된다고 믿었던 남성들로부터 도망쳤던 리지만, 아이러니하게도 이젠 셸비가 리에게 요구하는 것은 그 돈이다. 그렇게 다시 리가 거리에서 만난 남성은 리에게 가학적인 섹스를 강요하며 폭행한다. 리의 첫 번째 살인이 그러한 과정에서 발생한다. 리는 오로지 살기 위해 그를 살해하고 셸비와 도망친다.

정당방위로 시작된 첫 번째 살인. 그 사실을 아는지 모르는지 셀비는 계속 '남들과 비슷한' 삶을 원한다며 리를 자극한다. 하지만 더 이상 그렇게 살고 싶지 않았던 것은 리도 마찬가지였다. 리는 거리로 나서지 않기 위해 '번듯한' 일자리를 얻고자 남장을 하며 면접을 본다. 그러니까 당시의 여성들에게 그런 안전한 사무직 일자리는 요원하기만 했고, 리는 그걸 얻으려면 여성이 아니라 '남성'이 되어야만 하는 거였다. 물론, 남자 행세를 하는 여성에게 돌아올 일자리는 없었다. 돈은 떨어져가고 자신을 압박하는 셀비에게 초조함을 느낀 리는 다시 거리로 나간다. 여성의 몸이라면 환장을 하는 남자들을 유인하는 건 쉬웠다. 리는 남자들을 죽이고 푼돈을 챙겼고, 셀비와의 사랑은 그렇게 이어지는 듯했다. 그런데 어느 순간부터였을까, 나는 리가 영화 초반의 리와는 다른 사람이 되었다는 느낌이 들었다. 돈만 가져가면 다정해지는 셀비를 위해 저지르는 살인은 리에게 이제 하나의 규칙이 된 듯 보였으니까. 그리고 리의 이 죄는 최후엔 자신을 유일하게 인간으로 대해주었던 사람까지 살해하게 되는 끔찍한 악순환을 낳는다. 정당방위가 아닌 살인은 그 어떤 옹호의 대상이 될 수 없고, 그렇기에 이 영화의 끝에서 리는 그저 완벽한 몬스터였다.

그러나 왜였을까. 그럼에도 나는 리의 모습에서 눈물을 흘렸다. 어떻게든 사회의 구성원으로 살아가기 위해 남자 옷을 입고 취업 문을 두드리던 다소 우스꽝스러운 모습에서 한 번, 살인죄로 재판정에 서기 전 사랑은 모든 것을 뛰어넘는다고 중얼거리던 리의 혼잣말에서 또 한 번. 그러니까 제대로 살아보고 싶었던 한 인간의 몸짓에서 한 번, 인간으로 대접받지 못한 상황에서 상실된 인간성을 사랑이라는 이름으로 껴안아야 했던 그녀의 상황에 나는 한 번 더 울었던 거다. 리가 그런 괴물이 될 때까지 모두는 무엇을 한 걸까. 그녀가 열세 살 나이에 거리로 나가 성매매 여성이 될 수밖에 없었을 때, 그 돈을 모두 가족을 부양하는 데 써야만 했을 때, 그리고 결국 그 가족에게도 버려졌을 때, 사랑을 받아본 적이 없는 그가 사랑이라는 착각으로 수렁에 빠져야만 했을 때…… 과연 모두는 무엇을 했던 걸까. 당시에 그녀가 과연 어떤 다른 선택을 할 수 있었을까.

답은 각자의 몫이겠지만, 나는 그 답을 생각할 때면 리가 재판에 들어가기 전 어릴 적 보았던 놀이 기구에 대해 말하던 장면이 떠오른다. 붉은 노을에 비친 그 놀이 기구가 너무나 아름다웠던 어린 시절의 리. 그러나 사람들은 그걸 '괴물'이라고 했다. 몬스터라고. 이렇듯 어떤 아름다움이 다른 누군가에겐 '괴물'로 비치는 것, 혹 이것이 여성의 육체이며 그 여성의 육체를 가진 사람들이 사랑을 할 때 내려지는 최종적 결론인 것일까.

얼마 전 기지촌 여성에 대한 국가의 배상이 필요하다는 판결이 있었다. 기지촌 관리에 국가의

개입이 있었다는 것이 인정된 것이다. 이는 늦게
나마 굉장히 고무적인 일이다. 다만 우리 사회의
시선이 그 판결만큼 어떤 공평에 가까워졌나, 라
고 묻는다면 자신 있게 그렇다고 하기가 어려울
것이다. 2003년 미국 최초의 여성 연쇄 살인범의
실화를 바탕으로 한 이 영화가 나왔을 때조차 사
람들은 내용보다는 샤를리즈 테론이 '뚱뚱하고
못생긴 몸과 얼굴을 가진' 여성으로 변신한 것을
더 화두로 삼았으니까. 그런 사회 안에서 역시나
다시 묻고 싶어진다. 누군가 무엇을 선택할 수 있
었는지 말이다. 왜냐하면 그 어쩔 수 없는 선택을
한 누군가의 모습이 여전히 또 다른 누군가에게
그저 '죽어도 마땅한', '몸을 함부로 굴린' 괴물
같은 모습일 테니까.

## 넌 누구야? 난 너야

—— 영화 〈콜럼버스〉 (2018)
코고나다 Kogonada

"삶은 날씨고 삶은 식사다. 소금이 엎질러진 푸른 바둑판무늬 식탁보 위에서의 점심 식사들. 담뱃잎 냄새. 브리 치즈와 노란 사과와 나무 손잡이가 달린 나이프들."*

미국 소설가 제임스 설터는 자신의 소설에서

* 『가벼운 나날』(제임스 설터 지음, 박상미 옮김, 마음산책)

삶을 날씨와 식탁보와 점심과 식기 등으로 비유한다. 한 치 앞도 알 수 없고, 맥락 없이 엎질러져 있으며 때에 따라 급변하는, 그러나 그렇기에 변화할 수밖에 없는 인간의 삶과 닮아 있다고 말하는 듯하다. 그리고 그 삶 속에서 인간은 본인의 변화를 체감하기도 하지만 타인의 변화에 아파하기도 한다. 타인과 내가 교차하는 지점들 속에서 누군가와 가까워지기도 하지만, 어쩔 수 없이 가야 할 길이 달라지면 끝내는 그것을 받아들이고 등을 보여야 할 때도 있다. 이렇듯 반드시 어느 순간엔 변할 수밖에 없기에, 또 어느 순간에는 각자의 삶을 홀로 살아가야 하기에 타인에 대해 또 삶에 대해 영원히 알 수 없어 문득 외로워지기도 한다. 결코 변하지 않고, 나를 알아봐주는 그런 무언가를 찾는 건 불가능한 일일까.

영화 〈콜럼버스〉에는 결코 변하지 않는 건축물들로 둘러싸인 모더니즘 건축물의 도시 콜럼버스에서 우연히 서로를 마주하게 된 두 사람이 등장한다. 진과 케이시. 한국계 미국인인 '진'이 이곳에 도착한 것은 순전히 아버지 때문이다. 진은 아버지가 평생 건축에 빠져 자신을 등한시했다고 믿어왔다. 그런 진 또한 아버지를 피해 한국으로 갔음이 여러 장면에서 짐작되는데, 그렇게 평생 보지 않고 살아갈 수 있을 것 같던 아버지였지만, 누구든 한 번은 맞이하게 되는 '죽음'이라는 삶의 변화 앞에 진은 어쩔 수 없이 그를 다시 마주하게 된다. 물론, 쓰러진 아버지를 대신해 진을 맞이한 것은 아버지가 그토록 사랑했던 도시의 건축물들이다. 한 사람의 삶이 스러져가는 중에도 결코 변하지 않는 모습으로 말이다. 물론 진에게는 큰 의미가 없다. 진이 후에 케이시에게 말했듯, '너무 익숙해지면 그 가치를 알 수 없게 되어서' 그런 걸까. 진에게 콜럼버스의 건축물들이란 어떤 가치가 아니라 자신에게서 아버지의 사랑을 빼앗아간 존재이며, 또 그만큼이나 익숙하게 들어온 '일상'일 뿐이니까.

이런 진과는 달리 콜럼버스의 건축물을 통해 삶을 위로받았던 한 사람이 있다. 약물 중독인 어머니의 모습이 건축물 안에 있을 때 어떻게 달라 보이는지 느꼈던 어린 시절부터 비슷비슷하게 생긴 건물들 사이에서 자신만의 색채를 띠고 서 있는 콜럼버스의 건축물을 사랑하게 되고, 이윽고는 자신의 삶을 살아갈 수 있게 된 한 사람. 스무 살의 케이시의 말을 빌리자면 '무질서 속의 균형'을 잡는 콜럼버스의 건축물은 그녀에게 위로이자 삶 그 자체이다. 하지만 아이러니하게도 케이시는 이제 그 사랑하는 건축을 계속하기 위해서 콜럼버스와 어머니를 떠나야만 하는 시점에 와 있다. 건축을 전공할 수 있는 기회가 찾아온 것이다.

어떤 면에서는 원치 않는 삶의 변화 앞에 놓인 진과 케이시. 그들은 콜럼버스의 건축물을 매개로 자신들의 이야기를 시작한다. 진이 절대 이해할 수 없었던 아버지의 건축물들은 케이시의 입을 빌려 진에게 전달되고, 케이시가 그렇게 놓지 못해 잡으려 하는 삶의 순간들은 진을 통해 역설적으로 케이시가 떠나야만 하는 당위를 마련해준다. 진과 함께할수록 케이시는 자신이 얼마나 건축을 사랑하는지, 사실은 얼마나 자신의 꿈을 향해가고 싶은지 깨닫게 되기 때문이다. 그리고 역설적으로, 그렇기에 케이시는 이제 진이 있는 콜럼버스에 더욱 남고 싶기도 하다. 나를 알아봐준 한 사람이 그곳에 있으므로. 결국, 케이시는 콜럼버스에 남겠다고 하지만 진은 케이시가 자신과 함께하는 것보다 떠나는 것이 그녀의 삶에 찾아온 변화라는 것을 어렴풋하게 느낀다. 아버지를 결코 이해할 수 없었고, 그의 건축물에 대한 사랑을 받아들일 수 없던 진이 결국 다시 콜럼버스의 아버지 곁으로 돌아온 것처럼 이제 그는 삶의 변화와 예측 불가함을 어느 정도는 이해하는 사람이 된 것이다.

영화의 말미, 콜럼버스를 떠나게 된 케이시가 꼭 다시 만나자며 울먹이자 진은 대답 대신 쓸쓸

하고도 옅은 미소를 떠올린다. 아마 케이시는 콜럼버스에 돌아오지 않을지도 모르고 또 돌아오더라도 그땐 진이 더 이상 그곳에 있지 않을 수도 있기 때문에, 모든 삶은 그 가능성이 또 열려 있기 때문에. 물론 진은 그 이별이 슬프면서도 한편으론 언젠가 케이시가 자신의 이 씁쓸하고 옅은 미소를 이해할 날이 올 거라는 것 또한 알고 있기에 끝내는 미소를 지었을 것이다. 이렇게 필연적으로 떠나야만 하는 사람과 머물러야만 하는 사람이 교차하는 곳, 콜럼버스. 인간의 작은 삶들이 스쳐가는 사이에도 건축물만은 변하지 않는 그 모습 그대로 그들을 지켜보고 있다. 아마 인류가 계속되는 동안 삶이 교차되는 것은 필연적일 것이고, 그들이 만들어놓은 것보다 빨리 늙어갈 것이다. 그러니 이 영화 〈콜럼버스〉는 그 자체로 작은 인생을 보여주는 듯하다. 그리고 이런 이유에서였을까. 영화를 보다 보면 그런 생각이 든다. 인류가 그토록 오랜 시간 동안 변하지 않는 무언가에 그토록 집착했던 것 말이다.

뜬금없지만 난 이 영화를 보면서 다른 두 영화 장면들을 떠올렸다. 변하지 않는, 진짜의 나를 보여주고 싶었던 사람들에 대한 영화들. 가장 가까이서 지켜봤다고 생각했던 한 사람의 죽음 이후 오히려 그 사람의 진짜 직업(AV 배우)과 가족을 알게 된 영화 〈립반윙클의 신부〉 속 등장인물들이, 그녀의 죽음 앞에서야 옷을 벗어 던지며 '진짜의 나'를 드러내는 게 얼마나 어려운 일인지 절규하던 장면이 우선 그것이다. 타인 앞에 나를 드러내기 혹은 누군가의 진실을 바라보기. 이것은 AV 배우의 어머니가 옷을 벗으며 "남 앞에서 이렇게 벗는 것이 얼마나 수치스러운지"라고 했던 말처럼, 아주 짧은 순간의 솔직함일지라도 누군가에겐 한없이 어렵고 쑥스럽기만 한 것이다. 역으로 그런 불가능함이 실제 존재한다고 믿게 되는 순간엔 어떨까. 영화 〈렛 미 인〉 속 주인공들은 서로를 알아보는 타인 앞에 인간과 비인간의 존재를 지우고 삶의 자연스러운 변화마저 역행해버린다.

"넌 누구야?"

"난 너야."

이런 말을 내게 해줄 수 있는 단 하나의 존재. 그것은 몇백 년을 죽지 못하고 살아온 뱀파이어에게도 낯선 존재이다. 하물며 짧은 삶을 살아가는 인간에게는 얼마나 귀할 것인가. 나를 알아주는 단 하나의 존재를 위해 인간은 앞으로 다가올 모든 '인간적'인 변화들을 스스로 제거하며 필연적인 이별이 보장된 뱀파이어와 함께하는 걸 선택한다. 심지어 자신보다 앞서 이 뱀파이어를 사랑한 인간의 죽음이 얼마나 처절했는지를 알면서도. 결국 자신 또한 뱀파이어보다 먼저 죽을 수밖에 없다는 것을 알면서도.

필사의 노력. 변할 수밖에 없고, 그렇게 모두가 변하기에 결코 이해할 수 없는 타인과의 삶 속에서 나를 알아보는 누군가를 찾기, 혹은 내가 알아

볼 수 있는 누군가와 함께하기. 모든 변화는 결국 우리 모두가 죽음이라는 결말을 가지고 있기에 어쩔 수 없는 노릇이다. 그래도 인간은 앞으로도 끝없이 찾아내지 않을까. '어떤 변화의 격랑 속에서도 자신을 이해하고 온전히 진실되어 보일 수 있는 한 존재를 찾는 일' 말이다.

번외편

눈의 여왕이 너를 지배할 거야

그가 적었다, "가장 긴 선은, 최초에, 가장 짧은
선이었다. 점을 초월하려는 진정되지 않는 욕망
자체였다."*

**최초의 어떤 것.**

* 「무한의 작은 한계」,『예상 밖의 전복의 서』(에드몽 자베스 지
음, 최성웅 옮김, 인다)

문학을 생각하는 최초의 계기는 무엇일까요, 그날 그런 질문을 받았었다. 겨울치곤 따뜻한 날이었다. 사람들이 모여 앉아 나와, 그리고 나보다 좋은 작가님들의 이야기를 함께 듣는 좋은 날. 그날 나는 어렵지 않게 한 이름을 떠올렸다.

 이바나.**

 최초의 문학이란 무엇인가, 라는 질문에 망설임도 없이 따라오는 그 이름. 나에게 문학은 문학이지만 한때는 또 다른 이름이기도 했다. 그러니까 『이바나』와 같은.

 이바나를 설명하기 전, 이바나의 역사를 이야기 해봐야겠다. 나는 어느 시점 이후 이바나와, 그리고 이바나의 친구들과 함께 다녔다. 그 친구들의 이름은 『에세이스트의 책상』(문학동네), 『당나귀들』(자음과모음), 『독학자』(열림원)이다. 누군가가 떠오르기 시작한다고, 아마도 배수아. '그럼 배수아를 말하는 거야?'라고 한다면 글쎄. 혹은

---

 ** 『이바나』(배수아, 이마고)

아니, 다. 모두 다. 전부 다.

이바나, 그리고 이바나와 친구들.

이바나와 그 친구들과는 아주 멀리까지 다녔다. 지원금을 얻어 아프리카 대륙을 횡단했을 때도, 호기롭게 무작정 독일로 가 아르바이트를 할 때도. 대학원의 소중한 친구인 가문을 만나러 대만을 돌 때도, 코로나가 창궐하기 직전의 뉴욕에서도, 내 삶의 전부는 아닐지라도 가장 중요한 마음의 시기를 보냈던 도쿄에서도. 그리고 '내 고국은 프랑스가 아니라 일본'이라고 생각했던 아멜리 노통브마냥, 내 나라는 한국이 아니라 뉴질랜드라고 확신했던 뉴질랜드의 웰링턴에도 말이다. 그러니 역시 시작은 뉴질랜드였다. 나중엔 대학에 들어가 영주권을 얻을 생각을 했으나, 처음엔 교환학생으로 간 것이었다. 그래서 책을 많이 가져갈 생각을 하지 않았었다. 가장 중요한 책 몇 권만 가져가자, 싶었고 고민 같은 건 애당초 없었다. 이바나와 그 친구들이라고 하지만 뉴질랜드에서 사실상 나와 같이 다닌 건 『에세이스트의 책상』이었다. 나는 금요일 학교 수업을 마치면 언제나 아르바이트 두 개를 소화하려 달려나갔었는데 그래도 『에세이스트의 책상』은 챙겨 달렸다. 한인 레스토랑과 일본 레스토랑에서 일을 했지만 공통적으로 앞치마를 두른 채 홀 서빙을 했기 때문에 앞치마 주머니에 『에세이스트의 책상』은 항상 들어 있었다. 뉴질랜드를 정말 사랑했던 건 이런 거였다, 그 누구도 '서빙하는데 웬 책?'이라고 하지 않았다는 것. 주방에서 조리를 맡으셨던 리화 아주머니는 항상 조금도 지친 기색도 없이 그러셨지, 나도 한때는 박경리를 읽었는데, 라고.

한국과 정반대의 계절을 가진 6월의 브레이크 방학 때는 순전히 돈을 아끼겠다고 남섬에 갔었다. 뉴질랜드인들은 모두 탈출해, 키위 친구인 빈센트를 대신해 잠시 일했던 카페의 주인이 그런 말을 했었다. 뉴질랜드의 겨울엔 남섬에 가지마. 눈의 여왕이 너를 지배할 거야. 그러나 나는 이바나와 함께 떠났다. 헐값에 최대 휴양지인 퀸스타운의 로지를 빌릴 수 있으니까. 아무것도 하지 않은 채 눅눅한 피시앤칩스와 맥도널드의 커피만 마셔도 배가 더워질 거야. 이바나의 주인공들이 불안을 피해 이바나를 타고 이바나를 향해 간 것처럼, 나 또한 이바나를 들고 남섬을 향해 갔다. 밀포드사운드를 지날 무렵 중학생 때 읽었던 『반지의 제왕』이 생각났는데 나는 『해리 포터』는 별로였지만 『반지의 제왕』은 책장을 낱장으로 찢어 학교에 들고 다닐 만큼 사랑했다. 우습게도 한때 그런 것은 나의 긍지였지만 이젠 그저 취향의 문제라는 것을 안다. 이런 생각들을 하면서…… 퀸스타운에 가까워질 무렵, 나는 눈 속에 버려진 경찰차를 보았다. 라디오에서는 기록적 폭설이 남섬을 뒤덮고 있다고 했다. 왜였을까, 나는 내가 탄 차의 모습을 그곳에서 본 것만 같았으니.

그리고 그다음 장면은 이러하다. 나는 이바나를 패딩 주머니에 넣은 채 어그부츠가 푹푹 빠지

는 눈밭을 헤치며 기름을 구하러 갔다. 그때의 뉴
질랜드는 인터넷이 종량제였다. 나에겐 GPS도
무엇도 없었다. 조금씩 손에 감각이 없어지고 시
야가 흐려졌을 때, 다시 눈앞에 나타난 것은.

이바나. 이바나라고 불렸던 소녀.

모두에게 괴롭힘을 당했던 그 아이. 그 아이가
다른 점은 뭐였을까. 말을 조금 더듬는다고 그랬
다. 누군가는 키가 너무 커서 거슬린다고 했다. 눈
을 자주 깜박이는 게 영 기분 나쁘다고도 그랬다.
책 이야기가 나오면 불같이 흥분하여 밥알을 쏟
아내는 줄도 모른다고 했다. 정현이 너도 걔가 재
수없지? 네 입에서 내 이름 한정현이 나오는 게
더 재수없었지만 그때의 나는 그저 침묵으로 일
관했던 방관자. 나는 도서실에 비치된 『붉은 손
클럽』(해냄)의 뒷면에 오로지 나와 이바나의 이름
만 함께였던 걸 보았다. 나는 이바나가 싫지 않았
다. 좋지도 않았다. 그때부터 이바나는 나에게 그
저 이바나였다. 나는 도서실에 갈 때마다 하품을

참는 대신 이바나의 흔적을 따라 걸었다. 눈 속에서 나는 이바나가 든 패딩을 조금 더 여몄다.

남섬에서 나는 이바나와 함께 열 가구가 전부인 마을 사람의 사람들로부터 구조되었다. 다 함께 젠가를 하며 신나게 맥주를 마시던 마을의 사람들. 밤에 하늘을 보면 애석하게도 은하수가 보였다, 뉴질랜드 위에 오존층이 없어졌기에. 어떤 아름다움은 그런 끔찍함을 전제한다는 것을, 그것이 세상이 숨긴 어떤 것이라는 것을……. 그래도 나는 그곳의 따뜻한 난롯가에 앉아 이바나를 실컷 읽을 수 있었다. 여간해선 꺼내지 않는『당나귀들』도 꺼내 읽을 수 있었다. 한국에 있을 때 '넌 대체 왜 고기를 안 먹니? 어차피 동물은 인간에게 먹히기 위해 태어난 거라고' 하는 사람들 사이에서 분노를 참기 위해 읽었던『당나귀들』은, 뉴질랜드에서는 마치 편안한 에세이처럼 느껴졌다. 한 달 내내 샐러드만 먹고 살아도 그 누구도 나를 손가락질하지 않는 곳. 이곳에서 꼭 살아야지, 이바나와 친구들과 함께. 최소한의 돈을 벌어 공부를 할 정도의 에너지만을 얻으며 살아가야지.

그리고 나는 한국으로 돌아왔다, 어느 순간.

돈을 벌어야 하는 사정에 처해 결국 졸업을 포기하고 한국으로 왔을 때, 나는 대학도 마치기 전에 가장 치열한 곳에서 일했고 자가면역 질환이라는 병을 얻었다. 어차피 당시 병원에서 의심하던 내 질환은 자가면역 질환과 백혈병 사이였고 그것은 난치와 불치의 사이였다. 나는 다시 뉴질랜드로 돌아가겠다는 꿈을 접고 소설을 쓰겠다고 했다. 그리고 대학원에서는 『독학자』를 읽었다. 오, 그것을 읽지 않고는 견딜 수가 없었다. 나는 나 혼자 가리라, 주문처럼 그 문장을 외며 '배수아 좋아하지 마, 등단 못 하니까' 하던 사람들을 견뎠지. 판타지 좋아한다고 하지 마, 급 떨어지니까. 네 소설 같은 착한 소설 쓰면 등단 못 해.

이런 사람들을 견딜 수 있었던 건, 얼굴과 몸집만 달라졌을 뿐, 중학생 시절 그 얼굴들과 조금도

달라지지 않았던 그들을 견딜 수 있었던 건.

　이바나, 그리고 이바나와 그의 친구들. 최초의
그 어떤 것.

　이 모든, 예상 밖의 전복의 서.

번외편

## 아름다움이 나를 멸시한다

스물세 살 무렵, 나는 은희경 작가의 『아름다움이 나를 멸시한다』(창비)라는 소설을 읽은 기억이 있다. 이 소설에서 화자는 외모에 대한 스트레스로 만두를 먹을 때 만두피까지 벗겨내고 먹는 사람이었다. 탄수화물과 지방을 한번에 먹는 건 다이어트에는 최악의 수이기 때문이다. 화자가 가혹할 정도로 다이어트를 하게 된 건 그가 세상의 기준에서 뚱뚱한 사람이었기 때문이었다. '기준'이 확고한 세상 속에서 분투하는 화자의 모습을 보면서 나는 난데없이 눈물을 흘렸다. 물론 그것은 공감에서 오는 눈물이었다. 그리고 나뿐 아니라 한국에서 태어나고 자란 여성들이라면 대부분 그 소설을 읽으며 깊은 공감을 느꼈을 것이다.

나는 늘 표준 몸무게에 미달인 사람이었다. 하지만 한 번도 만족감이 드는 몸매를 가져본 적도 없는 게 또 나였다. 왜냐하면 텔레비전에 나오는 연예인들은 나와는 다른 몸매를 가지고 있었으니까, 그것도 운동으로 다져진 군살이 없는 몸이 아닌 선으로 그린 듯 마른 몸들을 가지고 있었으니까. 사실 초등학교에 입학할 때부터 회사 입사 때까지, 책상에 오래 앉아 있을 수밖에 없는 대다수의 한국인들에게 그렇게 마른 몸은 무리이다. 그러나 나 또한 이 사실을 지금으로부터 약 십 년 전 처음 근육 운동을 시작할 때나 겨우 알게 되었다. 그 이전의 나는 항상 나를 화면 속 그들과 비교했다. 물론 나의 몸을 비난한 건 나 자신뿐만이 아니었다. 반쯤은 장난이었겠지만, "너 또 먹고 있니?"라든가 "아이고 너 팔뚝 좀 봐" 하는 사람들의 말들은 내 몸을 스스로 싫어하게 만들었고 자주 부정하게 했다. 어느새 내 기준도 세상이 요구하는 '아름다움'에 맞춰졌다. 물론 이런 세상의 기준으로부터 내가 벗어난 것은, 앞서 말한 것처럼 지금으로부터 약 십 년 전, 근육 운동을 시작하면서부터였다. "여자들은 무거운 것을 못 든다"라는 어떤 남자 회원의 말에 자존심이 상해서 시작했던 운동이었다. 처음엔 팔과 허벅지에 근육이 붙는 게 조금 못마땅하기도 했었다. 그건 내가 아는 아름다운 여성과는 거리가 멀었기 때문이었다. 그러나 "여자들은 무거운 거 못 들어서 달리기만 한다"라는 그의 말과 달리 나는 점차 75kg의 중량으로도 스쿼트를 할 수 있게 되었고 고등학교 졸업 때까지 3초도 버티지 못하던 철봉 매달리기를 수회나 할 수 있게 되었다. 운동을 하느라 식단을 신경 쓰지 않았는데도 몸무게는 줄어들었고 사이즈도 줄었다. 하지만 무엇보다 당시 거울 속의 내 모습이 마음에 들었던 이유는, '내가 선택한 것을 꾸준히 해냈다'라는 거였다. 나는 처음으로 거울 속 내가 마음에 들었던 것 같다. 그리고 그 경험은 다이어트 약이 넘쳐나는 만큼 여성들에 대한 외모 지적에 거침이 없는 한국 사회에서 나를 지키며 살아가는 데 중요한 기점을 만들어주었다. 나는 더 이상 텔레비전 속의 누군가의 모습에 내 몸을 비교하면서 몇 시간씩 녹초가 되도록 걷지도 않고 밥을 거르지도 않는다. 내가 신경 쓰는 건 오로지 거울 속에 비친 왜곡되지 않은 내 모습 그대로가 되었으니 말이다.

이 글을 쓰고 저 때의 나를 떠올리면서 내가 맨처음 아름다움에 대해 생각해본 건 언제인지도 떠올려 보았다. 아마도 여섯 살 겨울, 메르헨 동화『착한 마녀』를 읽은 직후였던 것 같다. 메르헨 동화는 동화라는 말과 달리 삽화 없이 아이부터

어른까지 전부 읽을 수 있는 장편소설 시리즈이
다. 그런데 여기까지 들은 사람들은 대부분 의아
하게 생각한다.

"그러니까, 너는 지금 글로 본 사람을 아름답
다고 생각했다는 거야?"

맞는 말이다. 여섯 살 겨울, 글로만 표현된 주
인공 '꼬마 마녀'를 보면서 나는 '아름답다'는 생
각을 했었다. 왜냐면 '착한 마녀'로 표현된 이 '꼬
마 마녀'는 마녀 세계에서 서열 꼴찌임에도 선배
마녀들을 혼내준다. 말이 선배 마녀지, 이들은 인
간들을 괴롭히고 단지 자신들보다 서열이 낮다는
이유만으로 꼬마 마녀에게 온갖 잡일을 시키는
존재들이다. 선배 마녀들이 보기에 이 꼬마 마녀
는 되바라진 '못된 마녀'겠지만 이 책을 읽은 사
람은 다 안다. 꼬마 마녀야말로 진정 착한 마녀라
는 걸 말이다. 그래서일까. 마지막 장을 덮는 순
간, 나는 어디서 주워들은 단어일 게 분명한, '아
름다워'라는 말을 중얼거렸다. (예상하건대 당

시 엄마와 함께 보았던 드라마의 대사가 아닐까 싶다.) 이 경험은 사랑을 선택해서 기차 위로 떨어지는 『안나 카레니나』를 읽었을 때도, 〈베르사유의 장미〉에서 끝내 자신이 원하는 모습으로 살아가려고 귀족 신분을 버리는 '오스칼'을 볼 때도 유사하게 반복되었다. 최근에는, 남성성을 부각하는 흐름에서 굳이 이러한 남성성에 연연하지 않고 자신의 음악과 춤선에 걸맞은 안무와 메이크업과 의상을 선보였던 태민의 〈MOVE〉 무대를 보면서도 그런 '아름다움'을 느꼈었다.

그러니까, 사람들이 정해놓은 아름다움의 기준을 몰랐던 시절의 나에게 아름다움이란 '외모'로 한정한 것이 아니었다. 그것은 어쩌면 '기준'을 스스로 만들고 그것을 해내는 사람에게 부여할 수 있는 마음과 같은 거였다.

번외편

당신이 어떤 옷을 입고 있어도

성별에 대해 생각해본 적 있을까. 그러니까 나는 왜 여자고, 당신은 왜 남자고. 혹은 나는 왜 남자이며 당신은 여자인가. 이런 것들 말이다. 아마도 대부분은 거의 없을 것이다. 태어나서 의사에 의해 성별이 분류되면 우리는 그에 맞춘 옷을 갖춰 입기 때문이다. 신생아실을 나온 직후부터 우리는 부모에 의해, 선생에 의해, 학교나 집단에 들어가면 그 규칙에 맞춰 의복을 갖춰 입는다. 우리에게 요구되는 의복의 형태는 대부분 고정 성별에 기반한다. 부모들의 경우 아이가 일정 나이가 되면 그에 맞는 옷을 골라 입힌다. 그런데 이때 고려하는 건 보통 아이의 나이와 성별이다. 이 나이의 남자아이는, 혹은 여자아이는 어떻게 입더라, 여기서부터 의복 입기가 시작되는 것이다. 아이가 자라면서는 어떠할까. 온전히 자신의 성향에 맞춰 옷을 입게 될까? 사실 고려되는 건 나이보다는 성별이다. 일정 나이가 지나면 입을 수 있는 옷은 늘어나기 때문이다. 하지만 성별은 오히려 옷 입기에 더욱 강한 영향력을 끼친다. 가령 지정 성별이 남성인 사람이 여성의 옷을, 여성인 사람이 남성의 옷을 입으면 사람들의 시선과 말이 따라온다. 남자아이에게 치마를 입히면 혹은 파란색이 아닌 분홍이나 노랑과 같은 옷을 입히면 사람들은 왜 남자아이에게 여자아이의 옷을 입힌 건지 묻는다. 반대로 여자아이의 머리를 짧게

깎여서 유치원에 보내면, 곧장 남자아이에요?라
는 말들이 이어진다. 학교에 들어가면 교복이 기
다리고 있다. 교복은 아주 정확하게 남자와 여자,
이 두 가지 성별에 맞춰 제작된다. 그러니 개인이
아무리 각자의 옷과 스타일을 고집한다고 해도
사회활동을 해야 하는 특성상 백 퍼센트 지정 성
별이 주는 영향력을 벗어나기가 힘들다. 물론 이
것은 한국에서만 일어나는 일은 아니다. 개인적
인 경험을 하나 말해보자면, 내가 쇼트커트를 했
을 때 가장 주목받았던 곳은 뉴욕이었다. 그곳에
서 마주쳐 조금이라도 대화를 했던 사람들은 동
양인 여자가 머리를 짧게 자른 걸 처음 본다는 말
과 함께 레즈냐는 질문을 하곤 했다. 도쿄의 경우
는 조금 다르게 주목하는 듯했다. 워낙 타인에게
말을 함부로 붙이지 않는 일본인들이지만, 대단
하네요, 라는 말은 잊지 않았다. 이것을 칭찬으로
들을 수도 있을 것이다. 하지만 그때 나는 그런 생
각을 했다. 그러니까 고정된 성별과 그에 대한 역

할 배분은 참 오래되고 끈질긴 것 같다고, 그것은 국적도 시대도 초월하는 것 같다고 말이다.

물론 나도 고정관념에서 마냥 자유로웠던 건 아니다. 내가 고정된 성별의 역할에 대해 처음 어리둥절함을 느낀 건 아홉 살 때였다. 미디어를 통한 체험이었는데 〈베르사유의 장미〉라는 만화를 통해서였다. 나는 필요에 의해 남자로 키워진 오스칼의 원래 성별이 여자라는 걸 모르고 있었다. 왜냐면 그 만화를 첫 회부터 본 게 아니었기 때문이다. 게다가 중요한 건 내가 오스칼에게 반했다는 점이었고 그러니까 성별이 무엇인지를 신경 쓸 겨를 같은 건 없었다. 다만, 오스칼의 프릴이 달린 블라우스를 보면서 나는 막연히 디즈니 만화에서 보았던 남자 귀족의 의상과 유사하다는 생각을 했고 그래서 오스칼이 당연히 남자라고 생각했다. 그것도 굉장히 멋있는 남자. 다정하고 용감하고, 지적인 남자. 아홉 살 인생 최초로 친해지고 싶은 남자 오스칼. 하지만 현실에서는 나와 이뤄질 수는 없으니 대신 극 중 이성애자인 앙투아네트와 잘되길 염원했고 또 꿈에서는 나와 잘되기를 소망했다. 그런데 그런 나의 환상을 깨는 소리가 있었으니, 고모의 한마디였다.

"정현아. 오스칼 여자야."

여자라고? 하지만 남자 옷 입고 남자처럼 말하고 행동하는데? 계속 만화를 보니 오스칼은 본인 스스로를 여자라 생각하는 사람이었다. 물론 쉽게 포기는 되지 않았고 아직도 내 인생에서 가장 멋진 사람 중 한 명으로 나는 오스칼을 꼽는다. 그런데 지금 와서 재미있다고 생각되는 부분은 바로 이것이다. 내가 오스칼을 남자라고 확신했던 것, 바로 '의상'이었다. 내가 아는 남자의 의상을 입고 있던 사람. 나는 그래서 오스칼을 남자라고 생각했던 거다.

사실 내 소설에도 쓰긴 했지만 이런 크로스드 레서의 역사는 오래되었다. 일제 때부터 여장을 한 남성이, 남장을 한 여성들이 보였다는 기사는 심심찮게 확인할 수 있다. 모던 걸들 또한 머리를 짧게 자름으로써 고정된 성 역할에서 탈피하려고 했다. 1960~70년대에는 남성들의 장발을 검열하기도 했고 1970년대 이태원에서 게이들이 여성의 복장을 하고 찍힌 사진이 남아 있다. 물론 이들은 사회에서 환영받는 존재는 아니었다. 항상 이들에게는 법적으로든 사회인식적으로든 따가운 시선이 따라붙었고, 지금의 사회라고 해서 그 시선이 고운 것도 아니다.

그래서 더욱 젠더 뉴트럴의 개념이 반가운 것인지도 모르겠다. 젠더 뉴트럴은 유니섹스처럼 단순히 성별을 교차시키는 것이 아닌 젠더리스의 개념에서 고정된 이분법적 성 관념을 탈피하자는 시도다. 실제 의학적으로도 인터섹스, 간성인 사람이 존재하기에 무수한 인간을 단순히 남성과 여성으로 나누어서 말하는 건 정서적 측면뿐 아니라 모든 측면에서 무리가 있기 때문이다.

다시 오스칼 이야기로 돌아가보자. 어쨌거나

나는 오스칼이 여성이라는 것을 알고도 그가 멋진 사람이라는 생각을 거두지 않았다. 왜 여자가 남자 옷을 입지? 라는 생각도 하지 않았다. 다만 오히려 스스로는 여성의 삶을 살고 싶었지만 남성의 옷을 강요받았던 오스칼이 조금 안타깝게 느껴졌을 뿐이었다. 그 시절 젠더 뉴트럴 개념이 있었다면 좋았을 것이다. 오스칼이 어떤 옷을 입고 있어도 오스칼은 오스칼이었을 테니 말이다.

무와 사이다, 계란말이의 시간

계절, 음식. 아니면 계절 음식. 아마도 계절마다 특별히 선호하거나 떠오르는 음식을 가리키는 말일 텐데 나는 이 단어를 들을 때마다 떠오르는 음식보다 떠오르는 질문이 하나 있었다. 다른 사람들에게는 계절 음식이라는 게 있는 걸까. 삐딱하게 나가려는 게 아니라 나는 음식이 풍족한 시대에 태어나 자랐고 그래서 딱히 여름에만, 봄

에만, 겨울에만 먹는 음식이 정해져 있지 않았다. 부모님은 웬만하면 먹고 싶다는 건 사주시려는 편이었고, 스스로 생계를 꾸리는 성인이 된 후에는 한겨울에도 너무너무 먹고 싶다고 간절히 생각하면 '그래, 내가 돈 벌어서 이 정도도 못하랴, 수박 먹고 다른 거 아끼지 뭐' 이런 마음으로 계절에 상관없이 먹고 싶은 것을 먹어왔다. 나는 그런 시간을 살아온 것 같다.

물론, 하지만 그래서 분명히 돈을 아껴서도 할 수 없는 것이 있다는 것을 더 절실히 느끼는 시간을 살고 있기도 하다. 아껴서 안 된다는 게 뭘까, 그건 아마도 이미 세상에 없는 사람이 해준 음식일 것이다. 어디서나 구할 수 있는 것이 양파와 파와 계란일 텐데, 돈을 전혀 아끼지 않아도 만들 수 있는 계란말이는 어떤 면에서는 이젠 절대 만들 수 없는 것에 속하기도 한다. 가령 몇 년 전 돌아가신 할머니가 해준 계란말이 같은 거 말이다. 사실 이런 슬픔은 진즉에 기미를 보인다. 할머니

와 계란말이가 함께 따라다니게 된 건 아직 급식
이 정착되지 않은 중학교 1학년 3월의 학기 초였
다. 점심을 급하게 싸 가야 하는 날이었는데 엄마
와 아빠는 직장에 가야 하니 당황스러울 수밖에
없었고 결국 엄마는 할머니에게 구조 요청을 보
냈다. 그날 할머니가 새벽같이 집에 왔던 기억이
난다. "할머니 왜 왔어?"

할머니는 식을까 봐 보온 도시락 통을 새로 사
서 나와 언니의 계란말이를 담아 왔었다. 나는 열
세 살까지 할머니와 할아버지가 키워준 아이였다.
계란말이는 계란 안에 김으로 모양을 낸 것이었
는데 솔직히 맛이든 뭐든 같이 안 살게 되니 자주
볼 수 없던 할머니를 오랜만에 본 것만으로도 무
조건 좋고 반가웠다. 학교 끝날 때까지 할머니가
집에 있으면 좋겠다고 생각하면서 밥을 싹싹 긁
어 먹고 친구들도 따돌리며 곧장 집으로 갔는데
할머니는 집에 돌아가고 없었다. 대신 식탁 위엔
언니가 먹고 가져온, 나와 모양이 같은 보온 도시

락 통이 있었고 나는 그걸 씻어서 할머니에게 가
져다주려고 뚜껑을 열었다.

"근데 할머니 거 너무 짜, 이제. 할머니 나이
드셨나 봐."

내 뒤에서 언니가 그렇게 말했다. 나는 할머니
가 있는 것도 아닌데 멀뚱히 서서 누가 들으면 어
떡하지 생각했다. 나는 언니를 정말 많이 좋아했
던 아이였고 우리 자매는 워낙에 사이가 좋아서
거의 싸운 일이 없었다. 언니의 말이라면 무조건
맞는다고 생각하는 축이기도 했다. 그런데 그 순
간 언니가 좀 미웠다. 나도 모르게 남은 계란말이
를 손으로 집어서 밥도 없이 꿀꺽꿀꺽 삼켰다. 언
니가 다시 지나가면서 "넌 안 짜? 배고프면 피
자 시켜 먹으랬는데 엄마가" 하고 말했지만 나
는 답하지 않았던 것 같다. 그날 도시락 통을 씻어
서 할머니 집에 갔다. 할머니가 "내 강아지 맛있
었어?"라고 했는데…… 뭐라고 답했더라. 할머
니 집 가는 길목에 개나리가 잔뜩 피는 길이 있는

데 할머니가 그 길로 나를 배웅해준 것만 기억난다. 그때부터였다. 나의 봄 음식, 점점 간이 세지던 할머니의 계란말이.

노화라는 것도, 시간이 흐르면서 생기는 변화인지라 한 가지만으로 흐르는 것은 아닌가 보다. 간이 세지던 계란말이가 있었다면, 또 한편에서는 자꾸만 달아지던 음식도 있었다. 할머니의 최애는 사이다와 치토스 같은 군것질거리였다. 여름이면 시원한 사이다를 한잔 죽 들이켜는 것이 할머니만의 스트레스 해소법이었던 거 같다. 그 맛있는 걸 혼자 드시고 싶지 않으셨는지 간혹, 아주 간혹이지만 우리에게 사이다를 주셨다. 수박화채에도 엄마 몰래 사이다를 넣어주었다. 나는 사실 할아버지와 입맛이 유사해서 요구르트나 오렌지 주스 같은 걸 좋아했지만 할머니의 사이다 음식 중에 퍽 좋아했던 것도 있다. 그건 사이다와 무로 만든 치킨 무였다. 조리의 비법도 모르니 비슷하게라도 만들 수조차 없는데 정확한 건 칠

성 사이다와 무가 들어갔다는 거다. 이거 역시 엄마 몰래 먹었던 음식인데 여름에 입맛이 없을 때 할머니가 밥반찬으로 내주시면 정말 달고 맛있게 밥을 먹을 수 있었다. 솔직히 말하면 나는 밥은 안 먹고 달고 톡 쏘는 무만을 손으로 몇 개씩 집어 먹었다. 순서가 바뀐 느낌이긴 하지만 그러면 오히려 밥 먹을 생각이 들었으니까. 사실 나는 어릴 때부터 치킨을 안 좋아했다. 먼저 먹고 싶다고 해본 적 없는 음식이다. 게다가 지금은 비건 지향이 되면서 치킨은 거의 먹지 않는다. 다만 치킨 무는 좋아하는데 그건 할머니의 사이다 치킨 무 생각이 나서인 것 같다.

다시 먹으면 맛있을까. 할머니가 돌아가시고 언젠가 엄마가 그 치킨 무를 만들어준 적이 있다. 엄마 말로는 할머니의 레시피를 생전에 들어뒀다 그대로 한 것이라는데 맛은 있었지만 비슷하진 않았다. 그러게, 어떻게 보면 나는 그 음식이 아닌 그 시간과 기억과 연결된 사람을 좋아하는 것

일지도 모르겠다. 아마도 모든 맛이 그런 것일지
도 모른다. 어쨌거나 다시 봄을 지나 여름이 되었
는데 올해는 그 치킨 무와 비슷한 맛을 찾을 수 있
을까. 그것도 모를 일이다.

에필로그

책이 나올 무렵 나는 안국역 인생네컷에서 사진을 찍었다. 사실 나는 인생네컷을 정말 좋아한다. 인생이 한 컷도 아니고 네 컷인 데다가 두 번이나 그 기회를 주기 때문이다. 재미있는 사실이 또 있는데 나중에 사진을 고를 때 밝기를 조절할수 있다는 점이다. 내 인생의 네컷이 좀 구리군, 하면 밝은 톤으로, 또 내 인생이 지나치게 밝아서 얼굴이 보이지 않는군, 하면 어둡게 바꿀 수 있는 것이다. 하지만 막상 인쇄가 돼서 나오면 그냥 노멀한 톤이 제일 낫다는 생각을 하게 된다. 멀찌감치 떨어져 화면을 거쳐 볼 때와 내가 가까이 다가가 볼 때가 이렇게나 다른 것이다. 뭐랄까, 오히려 관광객이 나보다 서울의 명소와 가치를 더 잘 알고 있을 때가 있듯이, 멀리 봐서 아름다운 것이 있고 또 반면 너무 가깝기에 나처럼 서울에 별 감흥이 없을 수도 있는 것처럼 말이다. 거기에 더해서, 이 '보통'은 정말 어려운 옵션인 것이, 왠지 그걸 고르면 내가 너무 나의 인생(네컷)에 아무것도 안 하는 기분이 들기 때문이다. 결국 뭐라도 하면 안 되겠다 싶은 마음이 들게 하는 원래의 사진은 막상 가장 선택하기 어려운 옵션이기도 한 것이다. 그냥 보통으로 사진을 둔다는 것에 왠인지 선뜻 손이 안 가기 때문이다. 역시나 보통이 가장 어려운 것이구나를 깨닫는다.

그리고 결국 이 '보통'이라는 것도 선택이 가능한 삶의 하나라는 걸 느낀다. 사실 안정적인 사람들은 안정이 있기 때문에 무언가를 자주 바꿀 필요가 없다. 직장이든, 집이든, 좋아하는 것이든 바꿀 이유가 별로 없다. 하지만 그 반대편에 있는 사람들은 선택해서가 아니라 바꾸지 않으면 살아갈 수 없기 때문에 자주 무언가를 바꾼다. 그 언젠가 내가 『줄리나아 도쿄』에 쓴 것처럼, 좋아해서가 아니라 좋아하지 않으면 살 수가 없기 때문에 (그리고 더 나아가 좋아하는 노력을 통해 좋아하게 되는) 무언가를 자주 바꾸며 좋아하려고 노력한다. 그것이 이름이든, 직장이든, 주변 사람들과의 관계이든 말이다. 이 역시 일찌감치 소설에도 썼지만 나는 한국 사회가 하나의 직업에 오래 종사하는 사람들을 유달리 장인이라 치켜세우며 그 반대편의 사람들에 대해 의지가 없는 사람인 듯 몰아붙이는 것이 자주 섭섭했다. 오래하고 싶어도 하지 못하는 환경이 있진 않았을지, 이제는 그런 걸 따져 물어야 하는 시대가 아닌가 싶었던 것이다. 나 또한 마찬가지였다. 여러 이유가 있었지만 매

순간 살기 위해 노력하면서 많은 것들에서 환승했고 환승해야 했다. 그 가운데 정말 좋아하게 된 것도 있고 이제는 멀어진 것들도 있다. 나는 매번 즐거운 환승 인간이었지만, 또 한편으론 그런 생각을 한다. 환승이 뭐야? 어떻게 좋아하는 마음이 바뀔 수 있어? 이런 말을 할 수 있는 아주 강력한 안정의 삶도 살아보고 싶다고 말이다.

# 환승 인간

**초판 1쇄** 2023년 8월 1일

**지은이** 한정현
**펴낸이** 박진숙 ┃ **펴낸곳** 작가정신
**편집** 황민지 박하영 ┃ **디자인** 이현희 ┃ **마케팅** 김미숙
**홍보** 조윤선 ┃ **디지털콘텐츠** 김영란 ┃ **재무** 이수연
**인쇄 및 제본** 한영문화사

**주소** (10881) 경기도 파주시 회동길 216 2층
**대표전화** 031-955-6230 ┃ **팩스** 031-955-6294
**이메일** editor@jakka.co.kr ┃ **블로그** blog.naver.com/jakkapub
**페이스북** facebook.com/jakkajungsin
**인스타그램** instagram.com/jakkajungsin
**출판 등록** 제406-2012-000021호

**ISBN** 979-11-6026-315-2  03810